PIERRE DU CHATEAU

LE

ROBINSON

DES

VACANCES

ILLUSTRATIONS

DE

JEAN GEOFFROY

PARIS.
LIBRAIRIE CH. DELAGRAVE
15 rue Soufflet

LE

ROBINSON DES VACANCES

SOCIÉTÉ ANONYME D'IMPRIMERIE DE VILLEFRANCHE-DE-ROUERGUE
J.-Ls. Bardou, Directeur.

PIERRE DU CHATEAU

LE
ROBINSON DES VACANCES

Illustrations de Jean GEOFFROY

PARIS
LIBRAIRIE CH. DELAGRAVE
15, RUE SOUFFLOT, 15
—
1890

LE
ROBINSON DES VACANCES

I

« Monsieur le Proviseur,

« Votre honorée du 20 courant me fait savoir que les vacances commen-
ceront le 1ᵉʳ août prochain pour se terminer le 10 octobre.

« Je pourrais objecter que deux mois et dix jours de congé forment
un laps de temps beaucoup trop étendu et que l'on semble allonger,
tous les ans, comme à plaisir.

« Malheureusement je ne fais pas partie du grand conseil, et l'on se
passe de mon avis. Je me borne donc à vous dire de m'envoyer, le 1ᵉʳ août
prochain, après la distribution des prix, mon petit neveu et pupille,
Adrien Desnoyers, si rien ne s'oppose à ce que le voyage s'effectue.

« Je suis, Monsieur, votre humble serviteur.

« Commandant DAVEZAC.

« P. S. On attendra l'enfant à la descente du train.

« L'Ermitage, 25 juillet 188... »

Le commandant jeta sa plume avec un dépit visible après avoir écrit
cette lettre, et, bourrant sa pipe avec fureur, il mâchonna sa moustache
en grommelant :

« Qu'est-ce que je vais bien faire d'un moutard de douze ans pendant deux grands mois?... »

Jusqu'alors, sa bonne étoile l'avait préservé de cette calamité. Trois ans plus tôt, depuis la mort de ses parents, Adrien gagnait la scarlatine à la veille du 1ᵉʳ août. L'année suivante, une fièvre, d'ailleurs assez bénigne, lui interdisait encore de voyager; et le tuteur, tout en déplorant les maladies de son pupille, éprouvait une satisfaction réelle de rester seul à l'*Ermitage*, sa maison des champs.

Ce qui effrayait le commandant en satisfait beaucoup d'autres, en vérité!

Adrien avait la mine d'une fillette, de longs cheveux bouclés, un regard d'ange, un filet de voix, une taille svelte et menue.

« Ce n'est pas un garçon! grondait le tuteur. À ce pauvret, il faut les soins d'une mère; moi, je ne sais vraiment pas lui parler! »

Aux vacances de Pâques, du nouvel an, de la Pentecôte, M. Davezac trouvait d'autres prétextes pour que l'enfant restât en pension. La longueur du voyage, le mauvais temps, la goutte, mille choses enfin, circonstances imprévues, venaient dire à l'écolier : « Reste où tu es; cette fois encore tu ne bougeras pas! »

Et c'était triste, triste, à ce pauvre petit orphelin, de voir s'envoler, comme un essaim d'abeilles, condisciples et compagnons! On lui jetait un léger adieu, un distrait « Au revoir! » puis la lourde porte du collège se refermait, avec un bruit sourd.

Comme il les trouvait heureux d'avoir une famille, de lui porter leurs couronnes, d'oublier auprès d'elle les pénibles labeurs de l'éducation!

Il s'étonnait que tous ces privilégiés ne travaillassent pas avec courage, puisque, de temps à autre, ils pouvaient retremper leurs forces au foyer paternel.

Sans doute le proviseur était fort bon pour Adrien. Les vacances venues, le maître ne gardait rien de sa voix sévère et dépouillait sa froide majesté. Il disait aussi au collégien pensif : « Allons, de la gaieté, c'est le moment de la dissipation! Biri, Toto, Fifine et Loulou réclament leur ami! »

Hélas! la présence de ces messieurs, de ces demoiselles, était un fardeau de plus sur les épaules d'Adrien. Jugez-en. Riri et Toto comptaient six ans à peine. Mlle Fifine et Loulou essayaient leurs premiers pas.

A la vue du *grand* camarade, les quatre enfants du proviseur poussaient des cris de joie. Quels beaux jours pour eux que ces jours de congé où Adrien jouait le rôle de dada, presque de souffre-douleur! On lui tirait les cheveux, *pour rire*, on s'accrochait à ses jambes, on grimpait sur son dos, on le barbouillait de confitures, et l'on disait naïvement : « *Grand*

Ces jours de congé où Adrien jouait le rôle de dada.

ami s'amuse bien ! » Hélas! pauvre grand ami ne s'amusait pas du tout, du tout, même. Ah! pourquoi donc n'avait-il point de mère? Pourquoi ceci et cela : maladies, éloignement, calamités de toutes sortes, le retenaient-ils au pensionnat?

Or, plusieurs jours avant le 1er août, dont il s'effrayait par avance, le proviseur manda solennellement Adrien à son bureau et lui mit sous les yeux la missive de son tuteur.

Un enfant plus âgé eût jugé l'invite peu aimable, puisqu'elle déplorait la longueur des vacances avant que celles-ci fussent commencées; mais l'orphelin eut l'éblouissement d'un beau rêve. Partir comme les autres, s'envoler loin des murs du collège, fuir le triste écho du préau solitaire, où seuls Riri, Toto Fifine et Loulou allaient prendre leurs ébats !

Adrien ne se demanda pas s'il s'amuserait à l'*Ermitage*. Il y songea comme à une sorte de paradis terrestre, dont l'ange à l'épée flamboyante lui permettait enfin l'entrée. Son pâle visage resplendit d'un sourire, ses yeux étincelèrent et sa voix murmura :

« Est-ce bien vrai ? »

Le proviseur sourit avec indulgence. Il comprenait cette joie de l'enfant, ce désir de changer de place, de respirer l'air de la campagne, de voir un pays inconnu.

« C'est très vrai, lui dit-il. Après-demain la distribution, dans quatre jours le départ. Justement le maître d'étude doit entreprendre, par là-bas, un voyage d'agrément, et il te déposera à peu de distance de l'*Ermitage*, à la gare même, où ton tuteur viendra te chercher.

— Quel bonheur ! quel bonheur ! » répétait Adrien, et il se jugeait, le pauvre enfant, plus heureux qu'un roi.

II

CIRCONSTANCE IMPRÉVUE

A l'heure même où Adrien disait : « Quel bonheur! » le commandant reprenait la plume pour écrire ce qui suit :

« Monsieur le Proviseur,

« Une circonstance imprévue me force à quitter subitement l'*Ermitage* pour régler des affaires du plus haut intérêt. Je ne puis donc recevoir ici mon neveu et pupille, Adrien Desnoyers. Cette lettre arrivera assez à temps pour vous en prévenir. Agissez en conséquence, je vous prie, et continuez à l'élève vos soins accoutumés.

« Je suis, Monsieur le Proviseur, » etc., etc.

Ceci fait, le commandant Davezac sonna le domestique qui remplissait les fonctions de majordome :

« Cette lettre au courrier, lui dit-il en style de dépêche. Nous partons ce soir! »

On a beau être majordome, l'annonce d'un voyage imprévu peut avoir le don de troubler l'esprit le mieux équilibré.

Faire la malle du commandant en procédant avec méthode et mettre en ordre l'*Ermitage* avant le train du soir, semblait au vieux serviteur l'œuvre d'un géant. S'étonnera-t-on si son cerveau ne put embrasser à la fois tant d'œuvres multiples? Peut-être, fixant une épingle au revers de son habit, il eût songé à la lettre dont nous parlons plus haut.

Mais, fort innocemment, celle-ci demeura dans la poche du vêtement de travail. Dans le train qui l'emmenait avec son maître, le majordome se grattait l'oreille en murmurant :

« M'est avis que j'ai oublié quelque chose... mais je ne sais pas quoi! »

Le commandant, lui, fumait méthodiquement sa pipe et lisait le journal pour passer le temps. Il songeait à son pupille, mais pour se dire :

« Ma parole, je n'y puis rien! La terre et les enfers se liguent, tous les ans, pour qu'il reste là-bas! »

Ceci était constaté sans trop de tristesse.

L'image du bambin aux cheveux bouclés, à la taille fluette, n'inspirait pas une sympathie extrême à l'ancien soldat.

Cependant Adrien poursuivit son beau rêve. Il ne dormit pas de trois nuits, celles qui précédaient le départ. La distribution des prix elle-même ne l'émut point outre mesure, malgré le titre de lauréat et des triomphes enivrants. L'âme épanouie, l'enfant se répétait :

« Je pars, je pars! »

Tout disparaissait à ses yeux, il se sentait heureux.

Ah! cette fois, ce fut avec bonheur qu'il entendit se refermer la lourde porte. Il prenait son envolée comme ses condisciples : c'est une clef magique que la clef des champs!

Durant la route, sa joie frisa l'extase. Un splendide panorama se déroulait à ses yeux : bois, champs, rivières, se succédant tour à tour, lui donnaient l'aperçu de l'immensité et lui arrachaient ce cri :

« Que le monde est grand! »

Les heures s'écoulèrent, rapides, dans cette contemplation, et le soleil avait fourni les trois quarts de sa course lorsque les voyageurs arrivèrent à la station voisine de l'*Ermitage*, celle-là même où ils devaient se séparer.

« Cinq minutes d'arrêt! » cria le chef de train de sa voix perçante.

Le maître d'étude serra la main de l'élève :

« Bonnes vacances, mon cher! Dans deux mois, au retour, je te ramènerai là-bas. »

Ce disant, et mettant la tête à la portière, le maître cherchait des yeux la silhouette du commandant et la voiture annoncée.

Un peu ahuri, l'enfant les regarda partir.

« Ton tuteur ne tardera pas... Il a prévenu qu'il te ferait chercher aujourd'hui à la gare. Entre dans la salle d'attente. Au revoir, mon ami, au revoir. »

Adrien agita son képi tant qu'il aperçut le train. La locomotive filait à toute vapeur; bientôt elle disparut dans les profondeurs d'un bois verdoyant.

Alors le collégien interrogea des yeux la seule route qu'il aperçut.

« Par là va venir la voiture, songeait-il avec assurance. Je vais goûter en l'attendant. »

Il sortit de son sac de voyage une pomme et une brioche; sa gourde contenait encore un peu de vin. Il fit un repas délicieux.

Comme il le finissait, le bon vieux chef de la très petite gare lui cria :

« Eh! bambin! que fais-tu ici?

— Je vais chez mon oncle, le commandant Davezac, répondit l'enfant. La voiture tarde un peu.

— La voiture?... Le commandant n'a pas de voiture, que je sache; mais le courrier passe tout près d'ici... tu peux monter dans sa carriole, afin d'arriver avant la nuit. »

Un bruit de grelots tintait dans le lointain :

« Voici justement maître Pierre, dit le chef, en désignant du doigt le conducteur qu'on apercevait sur le siège élevé. Dans une demi-heure tu seras en vue de l'Ermitage... Mes compliments à ton oncle, petit. »

Maître Pierre fit arrêter la carriole, non sans maugréer tout haut. Il avait fait d'assez nombreuses stations sur le parcours de la route, là où des enseignes mirifiques apprennent au voyageur qu'on donne à boire et à manger. Le résultat des libations n'était jamais favorable à son humeur; son nez seulement prenait une teinte rose, tandis que dans son cerveau voltigeaient les papillons noirs.

Adrien était le seul voyageur ce jour-là. Moins novice, il se fût ému bientôt des zigzags de la diligence; les chevaux eux-mêmes titubaient, pour avoir reçu de trop nombreux picotins.

Heureusement qu'il restait encore à maître Pierre une lueur de mémoire. Après avoir fourni une course fantastique durant une petite lieue de pays, il parvint à maîtriser l'attelage, à force d'adjurations pittoresques et de bons coups de fouet.

Puis, d'un ton bourru, d'une voix chevrotante :

« V'là l'Ermitage, dans le creux, là-bas!... c'est pas not' chemin, à nous!... Six sous pour la route, garçon! »

Adrien ouvrit sa petite bourse et compta la monnaie au conducteur. Ce dernier remercia du bout de son fouet, lança la valise, qui rebondit sur la route, et fit claquer sa langue pour donner aux chevaux le signal du départ.

Un peu ahuri, l'enfant les regarda partir.

III

A L'ERMITAGE

Heureusement l'Ermitage n'était pas loin de là. Adrien fit rouler sa valise, trop lourde pour son bras débile, et, après maints efforts, parvint au logis de son oncle comme le crépuscule tombait.

L'Ermitage, le bien nommé, montrait ses fenêtres closes et semblait dormir déjà. Un cri d'oiseau, strident et monotone, troublait seul le calme du soir.

« C'est étrange !... étrange !... murmura l'enfant, qui s'étonna. Mon oncle est allé au-devant de moi, sans doute, par un autre chemin. J'eusse dû attendre à la gare qu'il vînt m'y chercher. »

D'une main hésitante, Adrien heurta à la porte. Le marteau produisit un bruit sourd, que répéta l'écho du vallon. Nuls pas ne se firent entendre à cet appel, tout rentra dans le silence, dans la paix.

Le petit voyageur s'assit sur sa valise, auprès de la porte qui ne s'ouvrait pas.

Là, il vit une à une s'allumer les étoiles et la nuit étendre ses voiles sur le pays d'alentour.

Le sentiment de l'isolement, de la solitude, lui fit froid au cœur. Jamais il ne s'était endormi que sur les genoux de sa mère ou dans le lit du pensionnat. Subitement il se voyait transporté à la belle étoile, dans une contrée qu'il n'avait jamais vue.

« Pourvu que mon tuteur ne tarde plus à paraître ! » murmurait Adrien ; et, les mains jointes, à deux genoux sur la terre, il récita sa prière du soir.

Peu après, cédant à la fatigue du voyage, l'enfant appuya sa tête sur la valise et s'endormit.

On dort bien à cet heureux âge ! Ni le coassement des grenouilles de la mare voisine, ni le vent qui sifflait dans les branches des arbres, ni le hou-hou de la chouette se livrant à ses ébats, nul enfin de tous les bruits nocturnes ne parvint à troubler son repos...

Mais lorsqu'un des rayons du soleil levant darda sur son visage, il s'éveilla soudain :

« Où suis-je ? Que m'est-il arrivé ?... »

Adrien, déjà debout, se frottait les yeux.

Une maison champêtre, à demi cachée sous les rameaux du lierre, s'élevait devant lui. Comme la veille au soir, les fenêtres étaient closes ; les oiseaux voletaient à l'entour.

Adrien, tout enfant qu'il fût, pressentit un mystère. Lequel ? il n'en savait rien, mais il existait sûrement : et, d'une façon machinale, le collégien se remémorait la lettre de son tuteur, celle-là même qui était venue le combler de joie. Le commandant le conviait à l'Ermitage pour y passer les vacances, et le rendez-vous était solitaire quand Adrien y arrivait.

Plus âgé, il eût pris peur sans doute et rêvé de catastrophe. Ne sachant rien de la vie, il s'étonna sans s'effrayer.

Puis ce beau soleil, avec ses rayons d'or, ce réveil de la nature, qu'il n'avait jamais vu, le charmèrent d'abord. Comme la veille, il éleva son cœur à Dieu et lui demanda le pain quotidien.

Des mûres sauvages s'offrirent à lui pour premier déjeuner. La collation lui parut charmante, et il la préféra au café au lait de la pension.

La pension ! hélas ! allait-il être forcé d'y rentrer tout de suite, puisque l'Ermitage se fermait devant lui ?

Triste perspective, pensée amère ! Dans quelques jours, dans quelques heures, les voix de Riri, Toto, Fifine et Loulou se feraient entendre : « Voilà grand ami ! voilà grand ami !... » Et Adrien voyait par avance la grappe enfantine se suspendre à ses jambes ; il sentait les petites mains qui fourrageaient dans l'épaisseur de ses cheveux ; les tartines de confitures s'en venaient barbouiller ses lèvres... toutes choses dont il éprouvait un frisson d'angoisse, une terrible appréhension.

« Mon Dieu, que c'est donc triste d'être orphelin ! songeait le pauvre enfant... Je m'étais tant réjoui de ces vacances !... Mon oncle m'a-t-il oublié ?... Va-t-il revenir aujourd'hui, demain, quand il ne sera plus temps ? »

L'enfant appuya sa tête sur la valise et s'endormit...

Adrien disait encore :

« Je n'ai pas assez d'argent pour payer un second voyage... j'écrirai au proviseur pour qu'il m'en envoie... »

En réfléchissant ainsi, l'écolier cheminait à petits pas autour de l'Ermitage. Un grand jardin, bordé de haies vives, faisait suite à la maison. Soudain, l'explorateur aperçut une brèche dans la clôture. Les épines s'écartaient comme pour livrer passage ; c'était une porte ouverte, et Adrien, qui eût hésité devant une effraction, se jugea en droit de la franchir.

Un verger s'offrit à sa vue, puis un potager, un bois en miniature ;

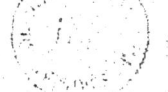

dans les profondeurs de ce dernier s'apercevait une sorte de tourelle, donjon sans pont-levis, sans rempart pour en défendre l'abord.

En revanche, et de concert avec les broussailles qui s'amoncelaient à l'entour, des lianes en masquaient l'entrée. A l'aide de son couteau, l'écolier s'avisa de se frayer un passage ; il aperçut alors un escalier en colimaçon. Les marches étaient étroites, glissantes ; çà et là, sur les parois des murailles, l'œil découvrait des taches noirâtres que l'obscurité laissait peu distinctes, comme tout ce qui les entourait.

L'accès de la tourelle se faisait si peu aimable, qu'Adrien hésita avant d'aller plus loin. Une réminiscence des leçons du maître la lui fit comparer à la tour de la Faim. Toutefois, en dépit de ses yeux d'azur, le collégien avait l'âme virile et l'esprit aventureux. Se gourmandant à haute voix, il s'engagea dans le sombre escalier, en frémissant encore involontairement. Tout à coup, un corps velu effleura son visage ; ce contact soudain lui fit pousser un cri de terreur.

Au cri de l'enfant répondirent des cris étranges. Une myriade d'êtres fantastiques s'envolèrent pesamment, et les taches noirâtres qui garnissaient les murailles semblèrent s'animer toutes à la fois.

L'écolier se prit à rire, en reconnaissant des chauves-souris : une vilaine bête, très calomniée, mais incapable de faire du mal.

Convenons néanmoins que le rire d'Adrien n'était pas de très bon aloi ; il ressemblait un peu au chant qu'un poltron entonne quand il fait nuit noire, pour se donner du cœur. Ses jambes opérèrent d'elles-mêmes un mouvement rétrograde ; mais il en rougit aussitôt comme d'une lâcheté, et il se reprit à gravir l'escalier de la tour.

Celui-ci aboutissait à la seule chambre du donjon.

Notre ami entra, un peu hésitant encore. L'étroite fenêtre percée dans l'épaisse muraille donnait passage à un rayon de soleil fort timide, fort étonné même de pouvoir pénétrer là.

Nous ne dirons pas que le *retiro* fût confortable. C'était une sorte de boutique de bric-à-brac, de magasin pittoresque, où s'entassaient des débris de toutes provenances, débris que l'on porte volontiers dans les combles, sous prétexte qu'ils pourront être utiles un jour, mais qui moisissent consciencieusement durant les siècles des siècles, sans que l'on ait jamais recours à eux.

Adrien les examinait, quand une araignée, imprudente et curieuse, descendit de la voûte en déroulant son échelle, puis vint frôler son visage sans nulle façon.

Mal lui en prit. L'écolier n'aimait pas les filandières ; il saisit une vieille tête-de-loup qui faisait partie du bazar, cogna un peu partout, principalement dans les coins les plus sombres, portant le désordre, la mort, parmi la plus paisible république qui eût jamais existé.

Le branle-bas général, le sauve-qui-peut des victimes occupa l'enfant jusqu'à ce que l'estomac fit entendre de nouveau sa voix impérieuse. Quittant la tourelle, Adrien s'en fut l'apaiser encore avec les mûres qui garnissaient les buissons.

Le fit-il, cette fois, avec trop peu de mesure, ou bien l'estomac y mit-il de la mauvaise volonté ?

Quoi qu'il en soit, l'écolier éprouva bientôt un grand sentiment de malaise. Des bâillements nerveux, des douleurs violentes, des vertiges le prirent, et Adrien s'écria, dans l'angoisse de la souffrance :

« Je suis empoisonné ! »

Convenons que l'hypothèse était peu rassurante. Des gouttes de sueur perlaient au front du patient, et malgré lui il songeait à la mort, qui le guettait peut-être derrière quelque buisson.

Se traînant hors du petit bois pour éviter l'embuscade, il prêta l'oreille à un murmure nouveau. C'était une voix cristalline qui chantait une douce et monotone chanson. Adrien se dirigea vers elle, puis aperçut un ruisseau dont les flots limpides coulaient sur un lit de cailloux.

Il se laissa tomber sur la rive. Une soif ardente le dévorait ; aussi la vue de l'onde lui fit-elle pousser un cri de joie.

Se courbant vers le ruisseau, l'écolier but avec délices cette eau fraîche, dont il éprouva du soulagement. Les douleurs se calmèrent peu à peu, et, bien que la tristesse de l'estomac subsistât encore, le neveu du commandant vit s'éloigner la vision funèbre dont il craignait l'approche quelques minutes auparavant.

Succombant au désir qui le sollicitait, Adrien s'appuya au tronc d'un vieux saule et ferma les yeux. Le sommeil s'empressa de clore ses paupières ; le murmure des flots berça ses rêves et le salua gaiement au réveil.

Il jetait au ruisseau un regard reconnaissant, lorsqu'il tressaillit à un spectacle bien nouveau pour lui. Oui, c'était bien un poisson qui frétillait sous l'onde et y exécutait mille cabrioles, comme la carpe du bon La Fontaine, bien qu'elle fût truite, et truite de la plus belle venue. L'écolier ne perdit pas de temps à se remémorer telle ou telle fable. Il plongea brusquement la main dans le ruisseau et saisit, entre les cailloux, cette proie inattendue. S'étonnera-t-on si l'exploit lui fit éprouver un réel orgueil ? Jamais Nemrod ne se sentit plus fier de son adresse que ne le fut Adrien.

La truite se pâmait sur l'herbe, lorsque le conquérant s'avisa qu'une truite est bonne à manger. La raison ajoutait que le poisson est une nourriture plus saine, plus nutritive que les mûres sauvages, baies perfides qui empoisonnent les petits garçons !

IV

LE PARFAIT CUISINIER

Le collégien, fort habile en l'art de pêcher dans le ruisseau, ne pouvait, comme le héron lui-même, faire ses délices d'une truite au naturel.

Il retrouva dans sa mémoire quelques bribes d'une recette indienne que ne désavouerait peut-être point Brillat-Savarin. Celle-ci consiste à faire griller le poisson sur un feu clair.

Mais ici Adrien se gratta l'oreille. Le « feu clair » paraît s'allumer tout seul dans les livres ; dans la vie réelle, il ne sert de rien de dire : *Fiat lux !* si l'on n'agit pas.

Avec une persistance digne d'éloges, l'écolier s'évertua longtemps à frotter deux cailloux pour enflammer des feuilles sèches. L'étincelle jaillissait sans aucun résultat. Très découragé, très irrité même, il jeta les cailloux et se prit la tête à deux mains.

« Ah ! si j'avais des allumettes ! » disait-il avec l'accent du regret.

Mais les allumettes, produit de la science, ne poussent pas en plein champ.

Soudain l'enfant bondit et cria comme Archimède : *Eurêka !* J'ai trouvé ! Il courut à sa valise, y fourragea impatiemment et se saisit enfin d'une loupe de moyenne taille, acquise, un jour de promenade, à la foire de Saint-Cloud.

Le soleil fut sommé de prêter son concours. En courtois serviteur, il ne le refusa pas.

Les rayons brûlants de l'astre du jour traversèrent la loupe pour atteindre le feuillage et les menues branches. Bientôt une fumée légère s'en échappa, puis la flamme jaillit sans tarder.

Un hourra de triomphe sortit de la bouche d'Adrien : « Vive le feu, le beau feu clair !... »

En parfait marmiton, avec la célérité désirable, il embrocha son poisson et le présenta à la flamme. Un quart d'heure plus tard il semblait cuit à point.

L'écolier le déposa sur une large feuille verte. S'escrimant du couteau, il en porta vivement un morceau à ses lèvres et fit la grimace de cette jeune guenon qui voulait croquer une noix.

Hélas ! le parfait cuisinier put se rendre compte que la truite, comme ses congénères, doit subir au préalable certaines préparations. Les écailles et le reste communiquaient à la chair un goût *sui generis*, qui, joint à la fadeur qu'entraîne l'absence de sel, à une forte odeur de fumée, ne faisaient pas de ce poisson cuit à l'indienne un mets digne des dieux.

Toutefois, après la première grimace, en choisissant les morceaux, Adrien se flatta d'avoir fait un déjeuner à peu près convenable ; nous voulons bien le croire et applaudir à sa bonne volonté. Ainsi s'acquiert l'expérience : par une suite de déconvenues et d'observations.

Et puis, l'on ne saurait s'imaginer combien notre héros était mis en goût par ce premier essai culinaire. Il nous semble très probable que ce fut à ce moment même que le collégien eut la première pensée de s'établir à l'Ermitage pour le temps des vacances, puisqu'il y pouvait trouver le vivre et le couvert.

Nous ne discuterons pas sur cette résolution. Historien fidèle, nous voulons nous borner à relater les faits, sans les apprécier. Ce projet nouveau fit un rapide chemin dans la tête de l'enfant. Il avait lu *Robinson* — Qui n'a pas lu *Robinson ?* — et se jugeait dans des conditions bien plus favorables que lui pour subvenir à ses besoins.

N'avait-il point un logis prêt à le recevoir ?... La chambre de la tourelle n'était pas un gîte à dédaigner. Le ruisseau fournissait un agréable breuvage... Les poissons, — recette indienne, — de copieux déjeuners... On trouverait moyen également de varier ce menu sans recourir aux mûres sauvages ; c'était dommage, par exemple, qu'il n'y eût pas un petit grain de sel au garde-manger !...

Le feu crépite en recevant les gouttes de graisse...

« Mais qui peut tout avoir? » a dit encore La Fontaine.

« Sache borner tes désirs ! » recommande le philosophe au pauvre genre humain.

La perspective même d'une complète solitude n'effrayait pas le neveu du commandant; l'idée de solitude n'éveille-t-elle pas aussi celle de liberté?

Pour le collégien, dont les heures se règlent au roulement du tambour, l'indépendance revêt un attrait enchanteur. Dormir la grasse matinée,

manger à ses heures des mets de son choix, regarder voler les
mouches et courir les nuages, rejeter loin de sa mémoire le souvenir
importun du supin et du gérondif, tout cela enfin ne peut-il constituer
une somme de jouissances assez aimables pour enflammer l'imagination
d'un enfant de douze ans?

A mesure qu'il y songeait davantage, Adrien trouvait l'idée sublime.
Qui lui certifiait d'ailleurs que M. Davezac n'allait pas bientôt revenir?...

Un « cuic! cuic! » soudain répondit à cette question dernière.

D'où venait l'approbation... ou l'épigramme? Le solitaire ne fut pas
long à le découvrir.

Dans les profondeurs du lierre qui garnissait la tourelle se cachait le
nid de cinq jeunes moineaux.

Il est mal, en principe, d'enlever des enfants à leur mère; mais
Robinson ne peut faire de sa trouvaille une question de sentiment.

Vite à l'œuvre! Il tente l'escalade. Bientôt, le cou tordu, les oisillons
se débattent dans une convulsion suprême, et les deux plus beaux se
voient plumés en un tour de main.

La besogne se fait hors du bois, près d'un treillage qui soutient des
capucines et des liserons.

Un fil de fer sans emploi et que le vent balance donne à notre ami
l'idée d'une broche perfectionnée.

Le corps des moineaux est transpercé de part en part; le feu s'allume,
la flamme s'élève, et Adrien attend qu'elle fasse place à des charbons
ardents.

Il n'a plus qu'à tourner la broche, à constater que les oisillons sont
dans tout l'épanouissement d'une jeunesse bien nourrie. Le feu crépite
en recevant les gouttes de graisse qui découlent de leur corps; le cuisinier
regrette qu'une lèchefrite ne soit pas là pour les recevoir.

Le rôti est bien à point. Un grain de sel, il serait incomparable.
Robinson déguste son dîner près des bords du ruisseau.

L'endroit est charmant, paisible. Dans l'onde murmurante le soleil
baigne sa face rougeâtre, avant de se coucher au delà de l'horizon.

Mais cette retraite présage la fin du jour. S'agit-il seulement de
manger et de boire, sans songer à la nuit qui va accourir?

Adrien s'empresse de disposer son gîte. Que d'allées et venues, que de voyages pour transporter dans la chambre de la tourelle des feuilles et des fougères sèches, lit primitif, mais confortable, sur lequel on dort très bien !

À la lueur du crépuscule, la tour se dresse plus menaçante et plus sombre qu'un donjon du moyen âge. L'écolier tressaille involontairement.

L'obscurité, c'est le revers de la médaille, au dire de Robinson. Quand le jardin est en pleine lumière, on se sent brave à la face du soleil ; le courage s'envole à la tombée de la nuit.

Notre ami n'est pas exempt d'une pareille faiblesse.

Il s'éloigne de la tour, du jardin même, pour se coucher à la belle étoile, comme il l'a fait la veille sur le chemin.

Disons toutefois à sa louange que la honte vient le mordre au cœur. En quoi la nuit peut-elle être dangereuse ? Est-ce que les arbres, les buissons, se transforment en ennemis, en agresseurs, quand le soleil a fui ?

Adrien se gourmande. Il s'interpelle à haute voix dans ces termes :

« Tu veux être soldat, comme ton père, et tu fais preuve d'une telle lâcheté ! »

L'apostrophe est véhémente. Elle cingle, comme un soufflet, les joues du guerrier en herbe : « En avant ! » crie-t-il d'une voix qui ne veut pas trembler.

Il est rentré au jardin et ramasse un bâton au passage, pour se défendre à l'occasion. Dame ! on ne peut pas devenir un héros tout d'un coup !

Le trajet s'effectue sans encombre. Adrien s'engage dans l'escalier de la tour, et le silence n'est troublé que par les battements de son cœur.

S'il eût pu fermer la porte et s'isoler dans la chambrette, son émoi se fût apaisé ; mais la porte ne s'ébranle pas ; elle est lourde, il lui manque un gond.

Enfin, Robinson se jette sur son lit de fougère, s'enveloppe de la couverture de voyage et ferme les yeux pour s'endormir.

Dès qu'il est immobile, le silence est traversé de mille bruits confus ; on dirait des pas qui montent l'escalier, des murmures qui voltigent dans l'air, sortes de ricanements qu'enfante la crainte, que fait éclore la peur.

Puis, les chauves-souris s'agitent. Le hou-hou de la chouette les met en branle; mille cris d'alarme s'entre-croisent çà et là.

Fermer l'œil, goûter le repos, est impossible au collégien.

Bien que ses paupières soient closes, il croit voir devant lui l'ouverture béante de la porte, ce terrible passage qui va donner accès aux mille fantômes entrevus par l'imagination.

Ces fantômes accourent, ils tourbillonnent, ils exécutent la plus folle des sarabandes qu'il soit possible de rêver.

Adrien se tient coi, retenant son souffle, se recoquillant sous la couverture de voyage pour que ces épouvantails ne lui marchent pas sur les pieds.

« Je ne veux pas dormir ! » se répète-t-il bien bas, tout comme si, durant son sommeil, il allait être happé.

Fort heureusement, la résolution est à la fois héroïque et téméraire. Peu à peu, sans savoir comment cela se fait, Robinson succombe à la fatigue, et dort bientôt à poings fermés.

Ou les fantômes respectent son repos ou ils s'endorment à leur tour, car la nuit se passe sans que nous ayons le plus petit drame à relater.

Il faisait grand jour lorsqu'il s'éveilla, son esprit gardant à peine le souvenir des craintes éprouvées durant la nuit.

« Je n'aurai plus peur ! » se dit Adrien. Résolution louable, que nous espérons voir s'accomplir.

V

ROBINSON DEVIENT INGÉNIEUX

Des trois moineaux que la prévoyance d'Adrien s'était réservés la veille, deux avaient reçu la visite du chat-huant. Le dernier, le plus petit, ne donna qu'une bouchée : juste de quoi aiguiser l'appétit d'un enfant de douze ans.

Ce maigre déjeuner rendit apparente une privation qui commençait à paraître sensible à notre ami ; elle faisait payer cher le gaspillage d'autrefois.

Nous en appelons à tous les prodigues. Beaucoup d'écoliers ne mésusent-ils pas du pain qu'on leur donne ? En classe, sous le préau, au dortoir même, ce pain, dont le pauvre manque, est souillé de mille manières, prodigué à plaisir par messieurs les collégiens. Le pain leur est une occasion perpétuelle de faire des niches, de bombarder sans merci tel ou tel nez qui ne leur plaît pas.

Le jardin du commandant n'était pas un jardin modèle, tiré à quatre épingles par d'habiles jardiniers ; beaucoup d'arbres poussaient à l'aise. Le commandant les défendait contre la cognée, sous prétexte qu'on n'abat point ce qui met un demi-siècle à grandir. Grâce à ce système, certaines parties du jardin figuraient une forêt vierge. Un ou deux chênes se paraient de gui sacré, des pins dressaient leur cime altière jusqu'aux

nuages, des châtaigniers entre-croisaient d'inextricables rameaux. Des châtaigniers? Quelle bonne fortune! Adrien sauta de joie, lança des pierres,
qui, atteignant le but, firent tomber plusieurs fruits épineux. Hélas!
ils n'étaient pas mûrs encore, non plus que les noix d'un superbe noyer.

Avançant encore, l'écolier aperçut, jonchant le sol, une petite semence
rectangulaire qu'il observa avec étonnement.

Nous savons que le solitaire n'avait jamais quitté les murs du collège.
Fort en version latine, en thème allemand, en narration française, il
ignorait les choses des champs.

Parvenu au potager, que d'hérésies lui échappèrent!

Comment, les carottes poussaient ainsi? Les pommes de terre vivaient
en famille? Les haricots, les pois, s'enfermaient dans une cosse verte
comme dans une maison?

Et il riait, il écarquillait les yeux, il se disait:

« Cette fois, je ne crains plus la disette : voici des provisions en
quantité! »

Ajoutons que notre ami n'éprouvait nul scrupule d'opérer quelque
emprunt au potager du commandant. Son tuteur ne l'avait-il pas invité
à passer le temps des vacances à l'Ermitage même, où il devait lui offrir
l'hospitalité?

Par une circonstance inexplicable, personne ne se trouvait là pour le
recevoir. Fallait-il, au sein de l'abondance, souffrir la faim?

Les pommes de terre seules constituaient un trésor. Vite des pommes
de terre cuites sous la cendre : quel festin succulent!

Six des plus grosses, arrachées à leur retraite, attendent patiemment
leur sort. Hélas! le soleil se cache, le ciel se couvre de nuages; la loupe
ne peut plus procurer du feu!

Adrien maudit le contretemps et s'exhorte au courage.

Déjà le tonnerre gronde, le vent s'élève, la pluie commence : sauve
qui peut!

Du potager à la tour la distance n'est pas longue; l'explorateur est
heureux de s'y réfugier. Dès l'entrée, un éclair terrible l'aveugle; le
donjon tremble jusque dans ses fondements; la foudre semble prendre,
à la campagne, une voix que ne lui connaissent pas les citadins.

C'est vraiment beau et terrible. L'écolier n'aime pas l'orage ; toutefois, il ne peut s'empêcher d'admirer.

Par la lucarne de la tour, il voit s'entr'ouvrir les nuages et se dessiner, rapide, un zigzag fulgurant ; les arbres se tordent et gémissent ; leurs branches, ployées jusqu'au sol, sont assaillies par une véritable trombe d'eau. Bientôt même celle-ci pénètre la voûte de la tourelle ; Adrien se demande avec effroi s'il sera submergé.

Comment étancher le lac qui se forme ? La pauvre couverture de voyage est sacrifiée forcément.

« A la guerre comme à la guerre ! » se dit philosophiquement Robinson.

Grâce à ses efforts, l'inondation est circonscrite ; puis la tourmente s'apaise. Mais que faire en prison ? Comment composer un dîner ?

Adrien est en possession d'une poignée de carottes. C'est frugal. Bah ! les ermites de la Thébaïde ne se montraient pas plus exigeants.

A l'aide de son couteau, l'écolier les prépare ; et puis : cric ! cric ! cric ! ses dents les broient comme le ferait la meule d'un moulin.

Ce repas offre un avantage : il est rafraîchissant et permet de se priver, pour une fois, de l'eau du ruisseau.

Le fabuliste a dit quelque part :

> ... Que faire en un gîte, à moins que l'on ne songe ?

Mais peut-on toujours songer, seul du matin au soir ?

Le jour reparaît et la pluie tombe. Adrien fourrage dans sa valise et regarde les livres de prix dont certains titres l'ont égayé le jour de la distribution.

Il s'est raillé surtout, avec grande irrévérence, du plus sérieux de tous : *Connaissances utiles,* tracé en lettres d'or sur fond noir.

Déjà tant de « connaissances utiles » se sont logées dans sa jeune tête, qu'il lui paraît superflu de s'occuper de celles-là ; mais, dans la tour, il est curieux de savoir si les prétentions de ce livre sont fondées.

Il lit. Au collège, il eût bâillé dès la première page, fermé le livre avant d'achever la seconde. Confiné dans la tour, il envisage les choses d'une autre façon.

Qu'est-ce ci? Le salpêtre attaque souvent les vieux murs; le salpêtre est un sel très fort. On pourrait s'en servir, à la rigueur, pour assaisonner les aliments. Puis, voici une gravure. Elle représente un arbre, le hêtre, celui qui donne le fruit rectangulaire semé dans le petit bois. Avec ces fruits, on peut faire de l'huile, on lutte contre les ténèbres : ce serait bien glorieux d'y arriver !

Mais en attendant qu'il ait sa lampe, sa veilleuse, Adrien est forcé de se coucher, parce que la nuit est venue. Les « connaissances utiles » ont cela de particulièrement bon qu'elles lui trottent dans la tête et l'empêchent de penser à l'ouverture béante, dessinée en noir sur le mur de la tourelle, et qui s'en vient aboutir au sombre escalier. L'insomnie que cause une idée attachante ne se fait ni douloureuse ni terrible. On pense; puis l'on rêve, sans effroi, sans agitation.

De fil en aiguille, de songe en songe, le neveu du commandant se croit métamorphosé en inventeur. Comme Bernard Palissy et bien d'autres, il poursuit son œuvre, fabrique des flambeaux, découvre du salpêtre, s'avise même de faire de la poudre pour tuer les moineaux.

Le jour paraît; avec lui s'envolent les rêves de gloire : l'inventeur se retrouve Gros-Jean comme devant.

Hélas! le soleil boude encore. Il faut que le solitaire déjeune encore comme il pourra.

Voici des carottes; la perspective du « cric, cric, cric! » agace les dents. Que faire? La loupe est inactive, il pleut... Comment donc allumer du feu?

Les « connaissances utiles » n'indiqueraient-elles point un moyen de sortir d'embarras? Adrien a vu hier au soir tant de gravures dans ce livre, qu'elles se sont brouillées dans sa tête. Tenez, en voici une qui a la forme d'une sorte de fer à repasser. Cela se nomme un briquet. A l'aide d'un briquet on peut aussi faire du feu.

Mais... est-ce qu'il se trompe? est-ce que dans les débris qui gisent dans la tourelle ne se trouve pas un objet de même sorte? L'écolier cherche fiévreusement. Il a trouvé. O dérision! Où est la pierre de silex, où est l'amadou?

Il réfléchit et s'élance. Là-bas, dans le bois, il a vu hier un caillou rougeâtre; le voici. De vieilles éponges serviront d'amadou.

Au bas de l'escalier, des branchages ont été préservés de la pluie. D'une main novice, hésitante, le solitaire bat le briquet, s'acharne à faire du feu. Ce ne fut pas si prompt qu'à l'aide de la loupe ; néanmoins la flamme jaillit sous tant d'efforts répétés. Maintenant les pommes de terre cuisent : l'enfant les surveille ; les murs s'éclairent, ils étincellent même ; on dirait que le givre s'est cristallisé là depuis l'hiver.

Le givre? Ne serait-ce pas plutôt...? O moment plein de trouble ! Adrien en a mis sur le bout de sa langue : c'est du salpêtre, il crie : « Vivent le sel, le feu, les pommes de terre ! et vive le livre dédaigné ! »

Vraiment! rien n'est si bon que les pommes de terre ! Elles valent les carottes, la truite, les mûres, les moineaux et bien d'autres friandises qu'on ne nomme pas. Avec les pommes de terre, l'eau est délicieuse. Robinson s'abreuve à longs traits.

Et comme il ne s'agit que de mettre le pied dans la voie des découvertes pour avoir mille bonnes idées, le collégien songe, en regardant couler le flot limpide, qu'une digue serait aisée à construire. Par ce moyen, il pourrait prendre des poissons.

Un des privilèges dont on jouit en vacances, c'est d'exécuter sur l'heure ce qu'on a en vue. Au collège, les bonnes idées arrivent malicieusement durant l'étude ou la classe ; il faut les proscrire de force et les renvoyer au moment opportun. Notre héros se mit donc en devoir d'élever un barrage. De vieilles lattes inemployées, quelques branches d'arbre, du fil de fer trouvé dans le bazar de la tour, lui serviront de matériaux.

Le ruisselet, pour être rapide, avait peu de profondeur. Adrien se déchausse, relève son pantalon, entre dans l'eau courante et enfonce les bois assez profondément, à l'aide d'une grosse pierre en guise de marteau. La besogne du treillage est plus longue, plus laborieuse. S'il ne se fût agi que de la question culinaire, il y eût sans doute renoncé; mais il jugeait l'inspiration superbe et travaillait comme les savants, pour l'honneur ! Jamais Adrien ne s'était amusé de la sorte; depuis trois jours, il se croyait grandi d'une coudée, se sentait devenir homme, admirait tout bas son courage, son ingéniosité, car, la question du feu se trouvant résolue de concert avec celle des pommes de terre, l'enfant se jugeait de force à combattre les Titans.

La besogne faite, il courut récolter le fruit du hêtre. L'orage de la veille en avait arraché aux arbres une grande quantité; et, en faisant cette besogne, le collégien eut une inspiration : « Si j'essayais d'attraper des oiseaux ? » Il réfléchit comment il pourrait s'y prendre, et se rappela avoir lu dans un livre la description d'un piège assez ingénieux.

Évoquant ses souvenirs, Adrien tailla de petites fourches à l'aide de son couteau et ramassa, au pied de la tour, quelques tuiles enlevées à la toiture par l'ouragan. Ces tuiles furent placées avec délicatesse sur les bois qui les soutenaient. Des graines de sureau devaient servir d'appât, et, se frottant les mains, notre ami se flatta de faire une chasse qui garnirait abondamment le garde-manger.

Il se représentait les oiseaux enfilés à la brochette, rôtissant sur la braise ardente, tandis que la graisse, tombant goutte à goutte, crépitait sur le feu.

Mais pourquoi laisser perdre une graisse précieuse? En imagination, l'écolier la recueillait dans la grande marmite; plus tard, il l'utilisait dans la cuisson des légumes et composait un festin digne des dieux.

Depuis trois jours qu'il habitait l'Ermitage, Adrien se voyait doué d'un appétit merveilleux. Au collège, il grignotait du bout des dents ce qu'on servait sur son assiette; l'heure des repas lui était une corvée, le plus ennuyeux moment du jour.

Ici, à la campagne, quelle différence! Il dégustait, en esprit, poissons et gibiers de toute sorte, sans parler des pommes de terre, dont il croyait ne jamais pouvoir se rassasier.

Malheureusement, les oiseaux ne se jettent pas ainsi dans la gueule du loup. Perchés sur les arbres, ils regardaient d'une mine un peu railleuse l'échafaudage, leur futur tombeau, et puis ils s'envolaient en poussant un « cuic ! » qui ressemblait à un éclat de rire. C'était façon à eux de dire : « Pas si bêtes !... En hiver même, quand il y a de la neige, nous y regarderions à deux fois ! » Mais Adrien ne comprenait pas le langage des astucieux moineaux, et ses illusions restaient debout.

Ayant de la sorte assuré l'avenir en formant les plus beaux rêves, l'écolier se prit la tête à deux mains et pensa au moyen de faire de l'huile. Le livre parlait de moulin, de meules qui écrasent le fruit du hêtre ; il n'avait pas prévu le cas de notre héros.

Ce n'en serait que plus glorieux à lui de se tirer d'affaire ! Oui, sans doute ; mais le moyen, le moyen élémentaire qu'il s'agissait de trouver. C'est toujours l'histoire de l'œuf de Christophe Colomb.

Le corbeau fondit sur son ennemi.

Dans le bois, il avait remarqué une pierre énorme, longue, plate, sur laquelle il disposa une grande partie de sa récolte. Puis il chercha une autre pierre à peu près semblable pour la recouvrir.

Après un minutieux inventaire, Adrien trouva ce qu'il lui fallait, mais à l'extrémité du jardin : que d'efforts avant d'aboutir !

Rouler cette nouvelle pierre péniblement pour rejoindre la première lui demanda plus d'une heure ; à l'aide d'un bâton en guise de levier, il la mit en place et attendit, confiant, un bon résultat.

Mais le poids de la pierre n'était pas suffisant pour broyer les fruits rectangulaires. Robinson s'ingénia afin d'y parvenir. Il passa donc son bâton sous la racine d'un gros arbre, laquelle faisait saillie au-dessus du sol. L'autre extrémité atteignait le moulin improvisé.

Appuyant de toutes ses forces sur le levier, Adrien sentit peu à peu l'écrasement se produire, et il vit une liqueur d'un jaune pâle découler goutte à goutte, du côté où la pierre s'inclinait, dans l'écuelle de terre qu'il avait apportée.

Rouge, haletant, il interrompit sa besogne pour crier : « Victoire ! » Les inventeurs anciens et modernes ne lui semblaient pas avoir plus de titres à la gloire que lui-même, pauvre collégien !

La torche de résine entrevue dans ses songes était bien dépassée ; il souriait en portant avec dévotion son petit vase d'huile dans la tour. Confectionner la mèche de cette veilleuse était un jeu d'enfant. Adrien déchira sans remords un de ses mouchoirs de poche, l'effila avec patience et précaution, et lui donna pour soutien un petit morceau d'écorce légère, qu'il perfora à l'aide de son canif. Puis, battant le briquet, enflammant un fragment d'éponge, il alluma sa lampe comme la nuit arrivait. A cette lueur tremblante, il mangea les pommes de terre qui composaient son dîner. Certes, l'éclairage ne pouvait lutter avec celui du gaz ; mais n'était-ce pas beaucoup de pouvoir distinguer, au moins, les objets environnants ?

Le solitaire se flattait de lire le livre des connaissances utiles à la clarté de son lumignon. Dès les premières lignes, ses yeux papillotèrent : « J'ai sommeil ! » se dit-il, sans vouloir reconnaître qu'il n'y voyait pas suffisamment.

Comme il prononçait ces mots en se disposant à fermer le petit volet de sa fenêtre, un intrus pénétra bruyamment dans son logis.

C'était un gros oiseau noir qui, à première vue, semblait énorme. Regardant avec plus d'attention, Adrien, un peu rassuré, reconnut un corbeau.

L'écolier crut d'abord qu'il allait reprendre le chemin de la fenêtre ; mais l'oiseau voletait lourdement, se cognait aux murs de la tour, comme si la lumière l'eût affolé. Ce manège se prolongea longtemps, et l'enfant s'en lassa. Convaincu que maître corbeau serait sourd à toutes les adjurations, à toutes les menaces, il trouva plus simple de le supprimer. Réunissant donc ses forces, Robinson, armé d'un gourdin, asséna au noir visiteur un horion formidable, bien propre à le tuer sur place, pour peu que l'oiseau y eût mis de la bonne volonté. Usant de finesse, le corbeau vit arriver la mort, l'esquiva prestement et, sans tergiverser, fondit sur son ennemi.

La situation, pour être étrange, ne restait pas sans danger. A tort ou à raison, quelques naturalistes prétendent que l'oiseau de malheur — selon les Romains — s'escrime volontiers du bec et des griffes contre un agresseur.

L'écolier, surpris, puis inquiet, se sentit pâlir. Fort heureusement la présence d'esprit ne l'abandonna pas, et il exécuta un assez joli moulinet avec son bâton. Le corbeau poussait des couacs ! formidables et n'abandonnait point la partie. Soudain, dans l'ardeur de la défense, Adrien trébucha, mit le pied sur le lumignon et se trouva dans l'obscurité.

Nous avouons qu'il se crut perdu sans ressources. L'accident fut peut-être ce qui le sauva, car de la fenêtre ouverte on voyait se lever la lune dans le calme du soir. Guidé par elle, l'oiseau retrouva sa route et s'envola à tire-d'aile par la fenêtre du donjon. Vous pensez si notre ami fut long à fermer le volet de sa chambre ! Il résolut de ne plus le laisser ouvert quand la veilleuse serait allumée.

VI

Le neveu du commandant regretta néanmoins cette capture. Il avait ouï dire que la chair du corbeau fait d'excellent bouillon, et il concevait l'ambition suprême d'un bon pot-au-feu. L'écolier n'éprouvait cependant pas de fanatisme pour « la soupe »; mais, nous le savons, à l'Ermitage tout changeait de face et pouvait paraître délicieux.

Il la regretta davantage encore au réveil, en visitant les attrapes à moineaux.

Les fameux trébuchets n'avaient pu tenter les hôtes du petit bois; en revanche, deux poissons s'étaient butés contre la digue. Après quelques évolutions de part et d'autre, Adrien s'en saisit victorieusement.

Cette fois, il procéda avec ordre et méthode à leur préparation. Conservant un piètre souvenir de la truite grillée, il mit en réquisition la grande marmite, et eut bientôt la joie de voir son dîner bouillir à petit feu.

L'eau du ruisseau valait un peu moins que le vin blanc pour court-bouillon; en revanche, Adrien y avait jeté une bonne poignée de salpêtre: hélas! une très petite pincée aurait suffi!

Décidément tout réussissait, sauf la cuisson des truites. Le cuisinier en devint plus désireux d'attraper des oiseaux. Enfant de la ville, il ne connaissait pas le très simple piège vulgairement nommé sauterelle ; mais il imagina de faire des gluaux.

Le manque de glu ne lui fut pas un obstacle. Recueillant de la résine des sapins, de la gomme des autres arbres, il les amalgama et en forma une sorte de poix dont il enduisit certaines places, sur lesquelles se percheraient volontiers les oiseaux.

Attentif, immobile, Robinson épia le succès de sa ruse et vit deux rouges-gorges voleter à l'entour.

Ceux-ci firent maintes façons avant de se poser sur l'arbre ; ils semblaient se chercher, se répondre, ignorants du danger qui les menaçait.

Certes, notre ami n'avait pas l'âme insensible, mais il sentait se développer en lui l'instinct du chasseur. Jamais celui-ci, à l'affût de quelque proie rebelle, n'eut dans le regard plus vive étincelle de convoitise, dans l'âme plus d'émoi, plus de désir.

A peine les deux pauvrets qui s'étaient rejoints eurent-ils posé sur les gluaux leurs pattes mignonnes, qu'elles s'y empêtrèrent et les retinrent prisonniers.

C'était pitié de les voir essayer d'une fuite, d'une révolte ; leurs ailes battaient l'air ; des chants plaintifs s'échappaient de leurs gosiers de virtuoses et semblaient le prélude du cri d'agonie.

Hélas ! celui-ci ne tarda guère. En détournant les yeux, Adrien sentit sous son doigt palpiter leur poitrine, battre leur pauvre cœur. Bientôt, les yeux fermés, le bec entr'ouvert par le dernier soupir, les chanteurs gisaient côte à côte, tandis que l'enfant sentait monter à ses paupières des larmes de regret. Tout inconscient qu'il fût, il déplorait que la vie de l'homme ne se pût garder qu'en ravissant la vie d'autres êtres, et, près du corps des deux rouges-gorges, il prenait la résolution de ne jamais le faire que par nécessité.

Nous avouons toutefois que le remords ne dura guère. Une douce vision montrait à l'écolier une table à deux services, entrée et rôti, sans parler du dessert, composé de belles prunes de reine-Claude, disposées sur une large feuille de marronnier.

Il fut donc s'asseoir à sa place favorite, près du ruisseau murmurant. Là, appuyé au tronc d'un vieux saule, l'oreille charmée par le rire

argentin de l'eau courante, les yeux fixés sur le panorama calme et enchanteur des bois et des champs, il procéda au festin.

Plusieurs fois déjà, le neveu du commandant s'était félicité de la résolution prise d'attendre à l'Ermitage le retour de son oncle ou le passage
du maître d'études, son mentor; mais jamais jusque-là Adrien n'avait

Adrien cria : « Au voleur! au voleur! »

éprouvé plus vive satisfaction. Il réfléchissait aux charmes de la liberté,
et ressentait la joie très virile d'avoir pourvu lui-même à sa subsistance,
loin de tout secours humain.

L'écolier poursuivait même très loin sa thèse. Pour un peu, il se fût
avoué, dans la simplicité de son âme, que ses rêves d'avenir n'iraient
point au delà d'une existence solitaire et paisible au milieu des champs.

Soudain, ces doux songes furent interrompus brusquement par un
bruit de pas et de voix, celles-ci assez furtives : des voix de malfaiteurs.

« Le commandant est parti, je le sais ! disait l'une d'elles ; et, puis-que le majordome l'a suivi, nous pouvons faire une razzia dans le jardin.

— Il n'y a qu'à prendre ! répondait l'autre voix. Fruits, légumes, sans compter le reste : un vrai paradis ! »

Adrien avait dressé l'oreille, et son cœur battait plus fort. Se tiendrait-il coi à l'ombre du saule, en assistant à la dévalisation du jardin de son tuteur ?

La prudence le lui conseillait tout bas. Que pouvait un faible enfant contre deux hommes, deux garçons robustes, aux larges épaules, à la mine rusée et rébarbative, qui ne semblaient pas gens à marchander un coup de poing ? Cependant son âme se révoltait contre les dires de la prudence. Puis une autre crainte, crainte soudaine, surgissait dans son esprit, peu distincte encore, mais assez grave déjà pour lui amener la pâleur au front : nous en parlerons plus tard.

Alors ses yeux, qui tout à l'heure se complaisaient à voir la solitude, inspectèrent l'horizon avec angoisse, pour découvrir si un secours imprévu ne lui viendrait point.

Les secours imprévus surgissent fréquemment dans les livres. Mais, dans cette véridique histoire, Robinson n'en aperçut pas.

Il était toujours à l'abri du saule protecteur ; et quand il vit les deux intrus dans le jardin de l'Ermitage, qu'il les vit jeter un coup d'œil de convoitise sur le petit potager, sur les arbres où, un instant plus tôt, sa main avait cueilli les reines-Claude, l'indignation, la colère, prirent le dessus.

Enflant sa voix pour lui donner un accent redoutable, Adrien cria :

« Au voleur ! au voleur ! »

L'écho répéta de toutes parts ce cri d'alarme.

Surpris, les maraudeurs tressaillirent et, sans tergiverser, prirent leurs jambes à leur cou.

La victoire restait au collégien. Nous laissons à penser s'il s'en glori-fiait à part lui ! Jouer le rôle de foudre de guerre lui donna une assez haute idée de sa valeur.

Nul bruit suspect ne vint troubler notre héros durant le cours de cette journée mémorable. La brise se jouait doucement à travers les branches, le soleil mirait ses derniers rayons dans l'onde du ruisseau. Là, dans le barrage, deux poissons frétillaient en attendant la mort; sur quelques arbres, des chardonnerets se prenaient aux pièges disposés par Adrien...

Et lui, parcourant le domaine, se donnait la joie d'envisager ces choses en songeant aux repas du lendemain.

Comme il ne se souciait pas d'allumer la veilleuse avant la fin du jour et que la soirée était splendide, il se promena longtemps. Il se familiarisait avec les bruits de la campagne: le coassement des grenouilles, le bourdonnement des papillons du crépuscule, le vol rapide des chauves-souris, tout ce dont il avait eu une peur affreuse la nuit de son arrivée.

Mais comme il arpentait pour la vingtième fois une allée obscure, l'allée des sapins, il s'arrêta court et frémit de tout son corps.

Là, non loin de lui, se mouvaient lentement deux ombres: elles parlaient à voix basse:

« A cette heure, nous ne serons plus dérangés! »

L'écolier, le victorieux de l'après-midi, croyait que les maraudeurs ne viendraient pas à la rescousse et qu'il suffisait de leur avoir donné une fois l'alarme pour en être délivré. Il s'indigna, à bon droit, de cette persistance à mal faire. Pas plus à la tombée du jour qu'en plein midi, Adrien ne voulut les laisser maîtres du terrain.

Ne s'était-il pas caché heureusement sous un saule, à la clarté même du soleil? Combien plus il serait facile de rester invisible dans la nuit!

Observant donc les agissements des deux vauriens, l'écolier les laissa enjamber la haie de clôture; alors, bien convaincu de leurs projets, il poussa de nouveau son cri de guerre : « Au voleur!... au voleur!... »

Les hommes furent sur le point de battre en retraite. On le vit au tressaillement de leurs corps, au mouvement de recul qu'ils ébauchèrent, à l'exclamation qui traduisit leurs sentiments.

Mais, soudain, ils se ravisèrent.

L'écho semblait dormir, et le cri d'Adrien s'était perdu dans le petit bois du commandant. Ils savaient aussi, les rusés malfaiteurs, que le garde champêtre prenait le repas du soir dans sa chaumière; que les fermiers, les pasteurs, les bergères, avaient regagné le logis avec leurs ouailles; que nul enfin, ne pouvait prêter main-forte à la loi.

Puis, cette voix jeune et fraîche, non grossie par l'écho du vallon, leur disait également qu'ils n'avaient rien à craindre du gardien de l'Ermitage, l'adversaire imprévu. Au lieu donc de s'éclipser, de tirer leurs grègues comme ils l'avaient fait le matin, les maraudeurs s'élancèrent vers l'endroit d'où le cri d'alarme était parti.

Ce fut au collégien de frémir. Que pouvait-il, faible enfant, contre des hommes, des gens déterminés sans doute à lui demander raison, à lui imposer silence par n'importe quel moyen?

Le bois n'était pas si touffu, la nuit si profonde, qu'on ne pût l'atteindre. L'un avait murmuré : « Prends par ici ! » l'autre : « Prends par là ! »

Et, semblables à ces Peaux-Rouges qui semblent emprunter les ailes du vent, ils s'élancèrent dans la direction du fourré. Adrien comprit que de son agilité, de son astuce, dépendaient peut-être la vie ou la mort. Se cacher dans un bois en miniature eût été téméraire ; il s'enfuit vers la tour, en s'avouant toutefois qu'il pouvait être pris là comme dans une souricière, puisque la tourelle s'ouvrait à tout venant.

Un bruissement de feuilles sèches, le retentissement de ses pas, furent entendus des maraudeurs :

« Sus au gibier ! clamèrent-ils ; il a passé par ici ! »

Haletant, affolé même, le neveu du commandant gravissait d'un bond les escaliers de la tour.

Presque avec lui ses ennemis y arrivèrent ; mais, se trouvant là en pays inconnu et dans l'obscurité la plus complète, ils furent contraints de s'arrêter.

Puisque la proie fuyait, c'est qu'elle ne se sentait pas de force à engager la lutte ; toutefois, ce donjon si sombre pouvait abriter quelque piège, recéler quelque chausse-trappe où les assaillants se casseraient le cou. L'hypothèse valait la peine d'y regarder à deux fois, et surtout d'y voir clair.

Le collégien les entendit tenir conciliabule au bas de l'escalier. Ces voix rauques, avinées, résonnaient étrangement dans l'étroit couloir, et les menaces qu'elles proféraient s'en venaient aboutir, en droite ligne, aux oreilles d'Adrien. Il espérait encore, d'après l'hésitation des maraudeurs, qu'ils ne monteraient pas l'escalier de la tourelle, en raison de l'obscurité et par crainte d'un guet-apens. Que devint-il, le pauvret, en les entendant frotter l'allumette aux parois du donjon, reconnaître la première marche et se dire : « Voilà l'entrée, c'est par là ! »

Ils avançaient avec précaution, brûlant force allumettes ; mais enfin ils avançaient. Une minute encore, deux peut-être, et les hommes feraient irruption dans la tour. On dit que la peur donne des ailes. Dans certains cas elle donne aussi des forces : nous allons le prouver.

La porte à laquelle il manquait un gond et qu'Adrien n'avait pu fermer jusqu'alors, se vit ébranlée par des mains frémissantes, soulevée même, pour vaincre la résistance que le plancher lui offrait, et poussée violemment au nez même des voleurs arrivant sur le palier.

Un terrible blasphème s'échappa de leurs lèvres. Tous deux se ruèrent sur la porte et ne réussirent pas à l'ouvrir ; mais ils proféraient des menaces terribles, juraient de pendre haut et court l'audacieux que le sort leur opposait.

Malgré leurs cris, le soupçon d'un piège leur trottait de nouveau dans la cervelle. Cette voix grêle ne leur prouvait pas que l'habitant de la tour ne fût un homme, un homme armé, braquant dans l'ombre coulevrine ou arquebuse sur ses deux ennemis.

Ils épuisèrent cependant leur vocabulaire d'injures derrière le rempart :

« Ce n'est pas fini entre nous ! dirent-ils d'une voix furieuse ; tu payeras tout en gros, sinon en détail. »

L'enfant écoutait, à demi paralysé par la crainte. Chaque coup de pied qui ébranlait la porte lui faisait froid au cœur. Et les hommes avaient quitté depuis longtemps déjà la tour où Adrien s'abritait, qu'il lui semblait entendre encore le bruit de leurs pas, celui même de leur souffle, sur le palier du donjon.

Ce soir-là, l'écolier n'alluma point la veilleuse.

En raison de la terreur qui s'emparait de son âme, ses récentes découvertes ne le purent distraire de nouvelles et graves préoccupations. Non seulement il ne parviendrait pas à sauver du pillage le jardin du commandant, mais il resterait exposé aux attaques des deux mauvais drôles, qui lui feraient un vilain parti.

Puis, l'autre crainte dont nous n'avons pas encore fait l'analyse, mais crainte bien vivace, déjà bien raisonnée, faisait voir à l'écolier l'inconvénient ou la faute d'être demeuré seul à l'Ermitage, d'avoir joué au Robinson. Quand l'absent reviendrait, dans quel état trouverait-il le domaine?... Dépouillé de fruits, de légumes, saccagé peut-être!... A qui s'en prendre? Ne serait-ce pas à celui qui aurait passé là le temps des vacances et établi dans la tourelle son logement particulier?

Ces pensées devinrent si multiples, si amères, qu'elles le tinrent éveillé bien plus encore que l'agitation et la peur.

Une crainte en engendre une autre. Adrien ne se jugeait plus autorisé à se nourrir aux dépens de son tuteur, à vaquer comme chez lui dans un jardin sur lequel il n'avait aucun droit, l'invitation de M. Davezac ne lui en donnant pas, dès que ce dernier, par une complication inexplicable, n'était point là pour le recevoir.

L'aube aux doigts de rose apparaissait dans la brume matinale lorsqu'il succomba enfin à la fatigue d'une longue insomnie, d'un terrible assaut.

VII

PRISONNIER!

Le sommeil d'Adrien fut très agité, et de nombreux cauchemars s'y succédèrent tour à tour. Tantôt c'était une course vertigineuse, course de rêve, où l'on glisse, où l'on s'élance des nues jusqu'aux entrailles de la terre, où l'on vole, en éprouvant cette sensation du vide, de l'espace, dont on garde au réveil le souvenir d'étrangeté. L'enfant se croyait poursuivi, puis assailli, enfin prisonnier, vaincu. Alors, il sentait peser sur sa poitrine un fardeau épouvantable : il étouffait, se débattait en vain, sous l'étreinte des mains impitoyables dont les doigts de fer le serraient à la gorge, lui enlevaient la connaissance, le sentiment.

L'un de ces moments de lutte fut si plein d'angoisse, que le pauvret s'éveilla.

Où se trouvait-il?... Dans la tour? Ah! Dieu soit loué! Dieu soit béni!... Mais la scène de la veille était-elle donc un songe?... Non, le souvenir se faisait trop vivace, trop présent à la mémoire d'Adrien. Puis, ses yeux ne voyaient-ils pas la porte close, au lieu de l'ouverture béante qui conduisait à l'escalier? Bienheureuse porte! si le bras du collégien n'eût pu la mouvoir, que serait-il advenu de l'infortuné Robinson?

Car il semblait entendre encore les cris et les menaces des maraudeurs : « Sus! sus au gibier! C'est par là! c'est par ici!... » Leur rage s'était-elle calmée ?... s'étaient-ils enfuis? Reviendraient-ils, hélas ! se venger de leur faible ennemi ?...

Adrien ouvrit la petite fenêtre de la tourelle. Un rayon d'or se glissa des nues dans le sombre donjon et vint en illuminer les murs.

Tout était silencieux. Les oiseaux chantaient, on entendait le murmure du ruisseau ; une brise légère se jouait dans les branches des arbres et tempérait les brûlantes ardeurs du soleil.

Ce repos, ce calme de la nature, inspirèrent courage à l'enfant. Fallait-il, pour une alerte, trembler et gémir? Fallait-il songer à battre en retraite, à courir, comme l'enfant prodigue, vers les murs du pensionnat?

Battre en retraite?... Les yeux du héros étincelaient. Il avait pu agir inconsidérément, mais la lâcheté d'une désertion à l'heure du péril était loin de son esprit, de son cœur.

Maintenant, plus que jamais, il voulait attendre le retour de son oncle, le passage du maître, pour faire l'aveu humble et sincère des vacances passées à l'Ermitage, de l'indépendante fantaisie qui l'avait entraîné à demeurer là, seigneur et suzerain de la vieille tour.

Un peu fortifié par sa résolution, par une fervente prière, l'écolier prêta l'oreille et murmura, joyeux :

« Les maraudeurs se sont éloignés d'ici... je puis sortir maintenant ! »

Il s'approcha de la lourde porte de chêne et pâlit soudain d'étonnement et d'effroi.

La serrure, dépourvue de clef et de clenche, s'était fermée comme une sorte de loquet, en entrant par force dans l'entaille ménagée dans le mur; mais il était matériellement impossible de faire mouvoir le pêne rouillé, d'ouvrir sans aucune aide, sans nul secours extérieur, l'inébranlable rempart.

Comme un trait aigu, acéré, l'enfant eut la perception immédiate de sa position terrible, du funeste sort qui lui était réservé.

Prisonnier !... sans vivres... dans ce donjon solitaire : c'était la souffrance, l'agonie, la mort !

Comme un fou, sans réfléchir, Adrien se précipita vers la fenêtre; le corps à demi penché dans le vide, l'œil affolé, hagard, il cria d'une voix rauque :

« A moi !... A moi !... au secours !... »

Un instant les oiseaux se turent dans les branches; il se fit une ou deux envolées, un léger brouhaha qui dura peu, très peu de secondes; puis tout redevint calme, paisible, riant.

Ce contraste lui parut insulter à son émoi. Il quitta la fenêtre, fut

Prisonnier!

s'asseoir, ou plutôt s'accroupir, les genoux au menton, sur le lit de feuillage qui lui servait de couchette; et là, fermant les yeux, Adrien s'absorba dans mille réflexions.

Fait étrange! ce ne fut pas l'horreur du moment présent qui s'offrit à sa mémoire, mais bien des circonstances de sa vie qu'il croyait oubliées depuis longtemps.

Il se revoyait enfant, sur les genoux de sa mère, bercé par des caresses, des paroles d'amour; il entendait encore cette voix si chère, quand elle murmurait le chant du soir, berceuse plaintive dont le refrain offrait un saisissant contraste avec la mélancolie des couplets. Ceux-ci revenaient sans cesse à l'esprit de l'orphelin, avec l'obsession du rêve. Longtemps il s'y complut, sans pouvoir d'ailleurs, en cet instant critique, s'arracher aux souvenirs lointains.

A l'heure du danger, n'est-ce pas à Dieu d'abord, ensuite à sa mère, que l'on pense toujours?... Dieu nous voit; mais il nous semble aussi que l'œil maternel franchit toute distance et nous contemple, soit de l'extrémité du globe, soit du séjour des cieux.

« Dors, mon mignon, dors... » répétait la ballade aux notes funèbres. Le doux refrain disait : « Mon mignon, éveille-toi ! »

Pour la centième fois, peut-être, ce souvenir le conviait au réveil, quand, chancelant, Adrien se mit debout.

« Éveille-toi ! » ne signifiait-il pas : « Prends courage !... prends courage ! Ne l'abandonne jamais à la désespérance qu'engendrent la crainte, le découragement. L'homme est né pour la lutte. Jusqu'au dernier souffle il doit lutter, lutter toujours ! Tel se jugeait perdu qu'a conseillé l'audace, qu'a soutenu la prière, qu'a sauvé une héroïque résolution.

« Parfois, dans la vie, sonne l'heure du péril. Le corps ou l'âme est en cause : chrétien, soldat, défends-toi ! »

Se défendre ? Oui... contre des ennemis visibles, contre un démon tentateur; mais ici, rien ne menaçait l'enfant, sinon les murailles épaisses, infranchissables, de la tour où il était prisonnier.

Les projets les plus fantastiques lui traversaient la tête. Il s'escrima durant une heure à l'aide de son couteau, sans réussir à desceller l'une des pierres qui enchâssaient le loquet de la porte d'entrée.

La lame se brisa, ensanglantant les doigts de l'enfant, et de grosses larmes jaillirent de ses yeux, inondant ses joues avec l'impétuosité du fleuve rompant les digues que des mains énergiques lui opposaient.

L'estomac criait famine. Heureusement trois pommes de terre cuites sous la cendre et oubliées dans la poche de sa veste lui furent un repas suffisant pour apaiser sa faim; mais la nuit arriva, escortée des plus sombres fantômes. Pour échapper aux menaces qu'ils proféraient dans l'ombre, le solitaire battit le briquet et alluma la lampe de la veillée.

Il espérait qu'une proie quelconque : corbeau, oiseau de nuit, se jetterait en aveugle dans le donjon et serait capturée par lui : naïf espoir qui ne se réalisa pas.

Le sommeil vint faire trêve à ses angoisses. Hélas ! avec le jour elles devaient revenir !

Les tortures de la faim s'y joignirent aussitôt. Quand on absorbe pour tout potage, dans une durée de vingt-quatre heures, trois pommes de terre cuites sous la cendre, l'appétit le moins robuste n'a pas lieu d'être satisfait.

Les yeux clos encore, Adrien songeait tristement. Le proverbe : « Qui dort dîne, » lui semblait une ironie amère; peut-on dormir lorsqu'on n'a pas dîné ?

Il comprit pour la première fois la signification du mot terrible : « J'ai faim ! » que des voix suppliantes avaient murmuré dans maintes circonstances à ses oreilles, voix de vieillards, d'infirmes, de femmes, d'enfants, et il songeait, avec un soulagement extrême, une paix indicible, que sa très petite bourse de collégien n'était pas restée fermée aux prières du pauvre, qu'une obole charitable lui avait procuré, au moins pour un jour, le pain quotidien.

Ce souvenir lui fut plus fortifiant qu'on ne le croit. Durant l'adversité, la maladie, la seule pensée des bonnes actions subsiste encore et compte pour quelque chose dans la mémoire de l'affligé.

Adrien commença même à prier tout haut, se figurant que notre Père des cieux s'inclinerait plus volontiers vers lui.

Joignant les mains, regardant le ciel, l'enfant ramenait parfois ses regards vers la terre et mesurait de l'œil la distance de la fenêtre à la base du donjon.

Nul moyen de tenter un saut périlleux; nulle possibilité de fabriquer quelque échelle de corde, de nouer ensemble des draps de toile qu'il ne possédait pas, afin d'atteindre sans accident la terre ferme, ce bienheureux « plancher des vaches » qu'affectionnent les gens prudents.

Vis-à-vis de l'ouverture par laquelle Adrien contemplait l'abîme se dressait un arbre, le plus élevé du petit bois. Peut-être qu'un gymnasiarque habile eût pu l'atteindre d'un élan bien combiné; mais ce n'était pas le fait d'un collégien de douze ans de tenter si chanceuse entreprise ; de tous les moyens extrêmes, celui-ci n'était pas le moins téméraire, le moins insensé.

Les yeux du prisonnier se reportèrent donc tristement dans l'intérieur de la tour ; ils envisagèrent soudain la vieille tête-de-loup, emmanchée au bout d'un grand bâton.

Celui-ci était fort solide. Mû par une idée nouvelle, Robinson s'en saisit, et, tremblant d'émotion, tenta de mesurer la distance qui se trouvait entre sa tour et l'arbre son voisin.

Sa perche atteignit l'extrémité du tronc, celle même d'où s'élançaient deux grosses branches : elle s'y appuya sans peine, tandis que la tête-de-loup demeurait sur le rebord de la fenêtre où se tenait Adrien.

Ainsi posée, la perche formait une sorte de pont, un peu incliné, mais trop étroit pour s'y aventurer sans être acrobate de profession.

L'écolier ne le fixa pas moins, à l'aide des cordons de sa chaussure, à deux clous énormes qui faisaient saillie sur la muraille. L'opération faite, il sentit battre son cœur.

Allait-il donc se risquer à sortir ainsi de la tour ?

Tel le naufragé s'accroche à une faible épave pour disputer sa vie aux flots de l'Océan.

Le neveu de M. Davezac réfléchit et trembla : c'était affreux de se risquer sur cette passerelle fragile ; mais bien plus affreux encore serait-il de rester dans la tourelle, d'attendre que la faim lui enlevât ses forces, lui troublât la vue, le rendît incapable de tenter une évasion.

Le sang-froid lui revint à ce moment suprême. Il enjamba la fenêtre, se mit à califourchon sur la perche et se laissa glisser, à la grâce de Dieu.

Les quelques secondes que dura le court trajet de la tourelle à l'arbre parurent longues comme l'éternité à l'enfant. L'inclinaison n'était pas si forte qu'il ne lui fallût s'aider en gardant l'équilibre ; le bâton fléchissait ; ses deux mains crispées s'y cramponnaient désespérément, et son œil plongeait dans le vide par un regard d'effroi.

Fort heureusement pourtant, ses deux mains touchèrent à l'arbre, et ses pieds purent y chercher un solide point d'appui. Haletant, il se cramponnait aux branches, au moment même où la tête-de-loup se détachait de la fenêtre, où la retenaient de trop faibles liens !

Mais que lui importait maintenant ! Il se jugeait sauvé, et ce ne fut plus qu'un jeu d'atteindre le sol, de crier : « Victoire ! » en remerciant Dieu.

Adrien courut au ruisseau, y but à longs traits l'eau fraîche et limpide, s'y baigna le visage, les mains, avec une satisfaction infinie. Puis il alluma le feu, et, pendant que les pommes de terre cuisaient sous la cendre, il croqua quelques fruits pour apaiser sa faim.

Après le plus délicieux repas de sa vie, car la faim le lui faisait trouver incomparablement bon, Adrien visita le barrage, y trouva plusieurs poissons et composa en imagination le menu du soir et du lendemain.

Puis, bonheur extrême ! il se promena longtemps dans ce jardin qu'il avait désespéré de revoir, et le trouva plus beau, plus fleuri, plus riant que par le passé. C'est ainsi que d'anciennes douleurs, de récentes angoisses, nous font apprécier, aimer plus encore les joies calmes et paisibles qui nous reviennent après les heures d'épreuve, les jours de tribulation.

L'écolier constata que le potager n'avait pas subi de dommage du fait des maraudeurs. Le souvenir de ces derniers le fit tressaillir involontairement ; puis il se répéta, que la journée de la veille s'étant écoulée sans qu'il entendit aucun bruit suspect, les intrus, des étrangers au pays sans doute, étaient allés établir ailleurs le théâtre de leurs exploits.

Cette pensée n'offrait rien d'invraisemblable. Deux fois troublés dans leurs tentatives de vol, ils pouvaient s'être lassés de l'interruption inopportune d'un adversaire inconnu, la juger systématique et dangereuse, et s'éloigner enfin pour ne plus revenir.

VIII

NOUVEL ASSAUT

L'heureuse journée de la délivrance touchait à sa fin, lorsque l'enfant se demanda, pour la première fois, où il passerait la nuit.

Son évasion de la tour avait été assez bien combinée; mais il réfléchit qu'avant de quitter cette retraite il eût fallu au moins jeter sur le sol la couverture de voyage, son précieux lit de camp.

Au bas de l'escalier du donjon il pouvait trouver abri; toutefois les nuits se faisaient fraîches, surtout quand on habite un *retiro* où pénètre sans entraves le fougueux vent du nord.

Adrien se mit en devoir d'amasser sous bois des fougères et des menues branches, afin de ne pas dormir, comme Jacob, avec une pierre pour oreiller.

Soudain il demeura pétrifié de crainte et de frayeur. Pour la troisième fois, les ombres gigantesques des maraudeurs se mouvaient, rasant les murs, dans le jardin du commandant.

Où fuir?... La tour était inaccessible; le captif de la veille regretta sa prison.

Il se blottit derrière le tronc d'un gros arbre, et, d'un œil dilaté par l'angoisse, le pauvret, fasciné comme l'oiseau à l'approche du serpent, les vit s'approcher de l'endroit où il s'abritait.

« Je suis perdu ! songea-t-il ; ces hommes sont de la nature des fauves ; ils voient clair dans la nuit ! »

Instinctivement Adrien saisit son couteau dans sa poche ; il se rappela, hélas ! que la lame s'était brisée contre le mur de la tour. Désarmé, impuissant à se défendre, Robinson serait une proie facile pour les maraudeurs.

Résolu cependant à faire preuve de courage, à ne pas supplier de tels vauriens, l'écolier demeura debout, immobile, sans détourner le regard, sans baisser le front. Eux avançaient toujours en droite ligne vers le donjon.

Ils parlaient même à voix basse : « Tiens, la lumière ne brille pas encore dans la tourelle... »

Malgré son effroi, Adrien comprit que sa lampe avait été aperçue la veille par les rôdeurs.

Ils étaient parvenus à une très faible distance de sa cachette. L'écolier s'aperçut alors que les hommes portaient une échelle ; après l'avoir appliquée contre la muraille du donjon, l'un d'eux y monta, et l'autre fit le guet à l'entrée de la tour.

Ces malfaiteurs avaient évidemment comploté de saisir leur antagoniste dans sa retraite ; le premier s'écria bientôt : « Il n'y est pas ! »

Quittant alors son poste, le second courut à l'échelle et parlementa d'une voix sourde avec son complice :

« Que faut-il faire ? demandait l'un.

— Attendre ! répondait l'autre ; voici une valise, des vêtements, un lit de feuillage ; l'oiseau est absent... il n'est pas déniché.

— Attendre ?... et après ?...

— Après ?... « Un petit rire de crécelle bruissa dans la nuit. » Monte aussi, toi, continua-t-il, nous l'attendrons ! »

Ces paroles se prononçaient d'un ton tellement sinistre qu'Adrien se sentit pâlir. Le voleur grimpait comme un chat ; on put entrevoir sa longue silhouette sur le rebord de la fenêtre, où apparaissait aussi l'ombre de son compagnon, et le bruit de leurs souliers ferrés retentit sur le plancher de la tour. Le collégien respira plus librement ; puis une idée soudaine illumine son cerveau, lui amène aux lèvres l'ombre d'un sou-

rire et le fait bondir de sa cachette au pied de la muraille du donjon. Là,
sans tergiverser, donnant un coup d'épaule à l'échelle, Adrien la fait
tomber sur la mousse qui tapissait le bois.

Deux cris de rage accueillirent ces représailles ; de véritables vociféra-
tions les suivirent ; les rats se voyaient pris dans la ratière, tandis que

« En avant... arrrrche!... »

la proie leur échappait. L'écho fidèle répéta les plus terribles menaces ;
même à distance, elles étaient bien faites pour terrifier un enfant.

Sans trop savoir où porter ses pas, Adrien s'enfuit à la course, comme
si les prisonniers l'eussent poursuivi. Mais cette soirée devait être féconde
en surprises, en incidents.

Comme il franchissait la haie d'épines, une voix rébarbative cria :

« Je te prends, vaurien, à marauder sur les terres d'autrui ! »

L'écolier fit un haut-le-corps et opéra un brusque mouvement de recul. A son tour, le nouveau venu s'empressa de le suivre et pénétra dans le jardin.

Il faisait presque nuit, sans quoi l'enfant eût très vite été saisi au collet. De plus, il conservait l'avantage de connaître à merveille les détours de la propriété du commandant. Ce n'était pas le cas de l'agresseur, qui le suivait comme à la piste, en grommelant tout bas : « Coquin !... Mauvais drôle !... Je finirai bien par l'attraper !... »

En prononçant ces mots, il trébucha soudain et tomba de tout son long au pied même de la tour.

« Saperlipopette !... dit-il, il n'y a que des traquenards ici ! »

Levant la tête, l'adversaire de Robinson entrevit deux ombres dans l'encadrement de la petite fenêtre. Si vite qu'elles s'éclipsèrent, l'homme cria aussitôt :

« Ils sont deux !... les voilà !... je les tiens !... »

Appliquant l'échelle, cause de sa chute, au mur de la tour, il monta en s'aidant de la main gauche, tandis que de la main droite il dégainait un sabre de la plus belle venue.

Adrien se répétait avec une terreur croissante :

« Ils vont s'entr'égorger ! »

Mais les maraudeurs hésitent toujours avant de porter une main criminelle sur le garde champêtre, le représentant de la loi.

Le sabre est d'ailleurs un assez bon argument pour abréger les disputes ; et celui-là, bien affilé, étincelait à la clarté de la lune, qui se riait des maraudeurs.

Ils essayèrent pourtant de se faire blancs comme neige, prétentions communes à tous les coquins. L'un d'eux commença un plaidoyer assez habile, tendant à prouver qu'ils étaient tous victimes d'un troisième larron.

Le garde, très brave homme, vieux routier qui savait plus d'un tour, ne crut pas un mot de tout cela. Il fit le moulinet avec son sabre et répondit par un : « En avant... arrrrche ! » qui retentit comme un coup de canon.

Les voleurs ne soutinrent point davantage leur thèse ; ils s'avisèrent tous deux que l'habitant de la tour était de connivence avec le garde, car ce dernier arrivait au moment opportun. Transférés à la prison départementale, ils maudirent de concert l'ennemi inconnu.

La victoire, longtemps incertaine, restait donc au collégien. L'échelle arrivait à point pour lui rendre possible l'accès de la tour ; cet escalier extérieur lui agréait même plus que l'autre, trop encombré de lézards, de filandières et de chauves-souris.

Nous laissons à penser s'il rentra au logis avec bonheur, l'esprit délivré de toute crainte, l'âme paisible et le cœur dispos.

Il dormit fort bien, heureux de se dire que l'Ermitage s'était vu préservé par son intervention, d'une manière assez étrange, il est vrai, et, de plus, très fertile en péripéties.

IX

OÙ SE COMPLIQUE LA SITUATION

Mais qu'advint-il au réveil d'Adrien?

Il s'était couché à tâtons, dans l'obscurité. Quand il ouvrit les yeux, un spectacle bien inattendu s'offrit à ses regards.

Hélas! les maraudeurs, gens pratiques et fort habiles, n'avaient pu voir à côté d'eux une valise si bien garnie sans tenter d'y porter les mains.

Qu'avaient-ils fait des vêtement dérobés? Grâce aux ténèbres, le garde ne s'était pas aperçu du vol. Durant la route, les deux vauriens avaient donc trouvé quelque cachette pour leur larcin, ou plutôt quelque adroit recéleur?

Mystère, énigme indéchiffrable qui tortura l'esprit de l'écolier. Le fait certain, indéniable, lui montrait la valise devenue veuve de son fourniment.

Adrien en conçut une grande colère et une terrible appréhension. Aux yeux de son oncle et du proviseur, ne serait-ce pas une charge accablante de paraître à eux comme un petit saint Jean, et une raison de plus de lui reprocher son rôle de Robinson?

L'événement le rendit nerveux, maussade. Il accusa la tourelle de ressembler à un cachot et descendit précipitamment l'escalier extérieur, pour s'occuper du repas matinal.

Le hasard voulut que l'un des échelons se rompit soudain et que l'enfant, perdant l'équilibre, fût précipité sur le sol.

La chute n'était pas dangereuse. Qu'est-ce qu'une hauteur de deux mètres environ pour un agile écolier?

Mais s'il est des gens que leur bonne étoile préserve quand ils font le saut périlleux, il en est d'autres qui se cassent bras et jambes pour un simple faux pas.

Adrien poussa un cri involontaire en touchant le sol.

Il ressentait au pied gauche une douleur très vive. Était-ce une entorse? Il n'aurait pu le dire; les larmes montèrent à ses yeux, larmes causées par la souffrance, peut-être aussi par le découragement.

Quoi? n'était-il donc sorti d'un péril redoutable que pour tomber dans un autre embarras?

Et le pied enflait à vue d'œil, puis s'engourdissait d'une étrange façon.

Que faire? comment remédier à un tel accident? Notre ami se résolut à un parti héroïque. Soutenant d'une main la jambe malade, il s'en fut à cloche-pied vers le ruisseau.

Le trajet lui parut interminable, et il mit plus d'un quart d'heure avant d'atteindre même la brèche de la haie, véritable passage des Thermopyles, dont cent épines aiguës défendaient l'entrée.

Bien qu'adroitement combiné, l'escalade amena un immense désastre. Hélas! une Anglaise se fût voilé la face en considérant le pantalon d'Adrien.

L'accident n'eût été que demi-mal si l'ermite eût possédé encore un vêtement de rechange; le destin jaloux s'acharnait à le dépouiller complètement.

C'était le cas de se livrer aux réflexions les plus profondes sur la malice du sort. On supporte d'un cœur vaillant les caprices de la fortune, si l'aveugle déesse ne vous dépouille point de votre dernier pantalon; mais ici nous ne pouvons que compatir, sans trouver de remède, à l'infortune du collégien.

Il pâlit derechef en songeant à son oncle, et acheva ses méditations au bord du ruisseau.

La fraîcheur des flots calma un peu la souffrance physique; de la souffrance morale nous ne parlerons pas.

Le pied s'abandonnant au fil de l'eau, Adrien se mit en devoir d'apprêter son déjeuner. Le feu s'alluma avec beaucoup de peine, — Robinson employa sa cravate en guise d'amadou, — et, au moment même où la flamme allait s'élever victorieuse, le sol trembla dans le lointain.

Qu'était-ce donc que cette nouvelle menace, ce nouveau présage? Notre ami ne se le demanda pas longtemps.

Le bruit, ou plutôt le piétinement furieux qui se rapprochait avec la rapidité de la foudre, était dû à un taureau affolé, dont l'aspect terrifiant s'offrit aux regards d'Adrien.

Libre de ses mouvements, l'écolier eût pris la fuite et cherché un sûr abri dans la chambre du donjon.

Mais comment se sauver avec un pied malade? Le pauvre enfant joignit les mains:

« Mon Dieu! je suis perdu! » murmura-t-il d'une voix entrecoupée.

L'animal approchait en droite ligne. L'ennemi lui apparaissait sans doute; il serait la victime sacrifiée à sa fureur.

L'effroi de notre ami était porté au comble, mais il n'anéantissait pas complètement l'instinct de la conservation.

Ainsi que les toréadors, et à défaut de l'écharpe rouge, Adrien lança son habit vers le terrible assaillant.

Hasard ou adresse, le vêtement atteignit la tête du taureau.

Un rugissement sonore s'échappa de la poitrine de la bête, une écume sanglante parut à ses naseaux, et il s'acharna à détruire, à mettre en pièces, l'habit du collégien.

Le spectacle était horrible à voir. L'animal bondissait à une hauteur prodigieuse, s'élançait, tête baissée, sur l'informe lambeau, le déchirait à belles dents, le couvrait de bave écumante, épuisait sur lui sa fureur.

Mais Adrien s'était dit: « Mon tour va venir!... » Et la perspective, l'appréhension de ce qui allait suivre le glaçait jusqu'à la moelle des os.

Il eut une inspiration soudaine. Sans bruit, le pauvret se laissa glisser de la rive au milieu même du ruisseau.

C'était l'endroit du barrage, l'eau se faisait plus profonde qu'ailleurs.

Il se coucha sur le lit de cailloux, la tête émergeant seule au-dessus des flots. Celle-ci même put se dissimuler sous la branche flexible d'un saule. Ayant tenté ce dernier effort, l'enfant recommanda son âme à Dieu.

Dieu, qui protège ses plus faibles créatures, entendit la prière de l'orphelin. Quelques secondes se passèrent, longues comme des siècles d'angoisse, et le taureau, cherchant des yeux la proie disparue, reprit sa course folle à travers champs.

L'écolier sortit de sa froide cachette. Une sensation de chaleur lui parcourut le corps, comme il arrive toujours après un bain glacé. Mais il eût fallu que la réaction se continuât, soit par une course rapide ou en revêtant des habits secs.

La course rapide était impossible. Les habits secs faisaient défaut.

Clopin-clopant, notre ami regagna l'Ermitage ; dans quel costume pittoresque, nous le laissons à penser !

Combien aussi mit-il de temps pour escalader l'échelle !

Son pied malade le faisait souffrir, et il ne s'appuyait de ce côté qu'au prix des plus vives douleurs.

Il grelottait de tous ses membres en pénétrant dans la tour. Pour unique festin, il possédait une poignée de carottes et quelques fruits. Mais combien plus tragique se faisait son dénûment absolu !

De son trousseau d'écolier il ne restait que deux paires de chaussures, un nécessaire de toilette et plusieurs mouchoirs.

En frissonnant, Adrien se dépouilla de ses vêtements mouillés, puis s'enveloppa dans la couverture de voyage en attendant que son linge séchât.

Ses pensées étaient assez sombres. Jamais ses rêves d'aventures n'avaient admis pareille adversité.

Tandis qu'il la déplorait, ses paupières s'alourdirent, ses yeux se fermèrent, et un pesant sommeil l'engourdit tout à fait.

Il ne se montra ni bienfaisant ni paisible. Bientôt le dormeur rêvassa, ses joues s'empourprèrent, une abondante sueur inonda son front. Soudain, un songe plus pénible que les autres lui fit pousser un cri aigu ; il s'éveilla et se dressa sur son séant.

La nuit était venue. Aucun rayon de lune ne se glissait par la petite fenêtre pour éclairer le donjon. En proie à un violent accès de fièvre, l'enfant interrogea vainement sa mémoire pour savoir où il se trouvait. Mais rien, rien autour de lui ne se faisait reconnaissable ; le lit, un lit de feuillage, n'avait rien de commun avec celui du pensionnat. Ses mains rencontraient une froide muraille, et dans sa tête se mettait en branle un carillon assourdissant.

Pour comble de souffrance, une soif ardente desséchait sa langue, brûlait sa gorge.

Il prononça quelques paroles incohérentes pour appeler à son aide, pour réclamer secours et protection. Nulle voix humaine ne répondit à la sienne.

En revanche, un murmure cristallin alterna, dans ses oreilles, avec le solennel bourdon. L'un sonnait à toute volée comme pour un convoi funèbre, l'autre gazouillait avec un rire moqueur.

Tout en ne reconnaissant pas la tour, en perdant le souvenir de l'Ermitage, Adrien était hanté par la vision du ruisseau. Ce qui bruissait à ses oreilles, n'était-ce pas le murmure des ondes? Oh! comme il aurait voulu s'y baigner encore, s'y abreuver surtout, y rafraîchir son front, ses lèvres, pour chasser les noirs fantômes qui tourbillonnaient dans la nuit !

Hélas ! plus il veut se rapprocher des flots dont son esprit troublé croit entendre la cadence, plus le ruisseau se fait insaisissable et lointain. Sans pitié, sans relâche, il se dérobe; cependant le malade court; il vole, il supplie, il retombe épuisé sur sa couche, en maudissant l'onde perfide qui semble narguer son tourment.

Pensez-vous qu'il soit rien de plus affreux que de souffrir ainsi, abandonné, solitaire, sans l'étreinte d'une main compatissante, sans les douces paroles d'un gardien bienveillant? Dans ses beaux rêves passés, Robinson, l'enthousiaste, n'avait pu prévoir l'épreuve ni pressentir une aussi dure extrémité. La nuit, si longue quand le sommeil s'enfuit à tire-d'aile, est bien plus interminable à qui souffre sans trouver de soulagement. Ce ne fut qu'aux premières lueurs de l'aube qu'Adrien vit s'enfuir les visions grimaçantes qu'enfantait son cerveau.

Mais il était brisé, anéanti; sa tête lui semblait de la grosseur d'une montagne ; toutes ses articulations lui faisaient éprouver d'atroces douleurs ; on l'eût bâtonné durant une semaine que son dos, ses reins, ne l'auraient pas fait plus souffrir. Les tristes pensées et leur cortège de pressentiments lugubres revinrent avec la connaissance ; le donjon revêtit soudain aux yeux du patient l'aspect d'un tombeau. D'une main lassée, tremblante, Adrien se saisit de son carnet de poche, et sur une page restée vierge il traça ces mots solennels : « Si je dois mourir, ceci est mon testament... »

Il fut un peu perplexe pour trouver la seconde phrase ; les larmes montaient à ses paupières, prêtes à se répandre sur son triste sort. D'une volonté héroïque, l'écolier les refoula d'un ton de commandement.

À cette période de ses dispositions testamentaires un oiseau chanta.

Ce chant était bien risqué auprès d'un malade. Toutefois, il opéra un revirement subit dans les pensées d'Adrien, et, sans y prétendre, le rattacha à la vie. Le solitaire se sentait pris pour cet oiseau d'un intérêt subit, qui n'avait rien de commun avec la convoitise d'un estomac affamé.

Le petit chanteur s'était posté sur le bord de la fenêtre. Son gazouillis semblait dire : « Tu n'es pas seul... me voici... je suis là... » Et Adrien, par le mouvement des lèvres, lui envoyait un baiser. Les allées et venues de l'oiseau lui furent une distraction, un plaisir. Souvent, avec effroi, il le voyait s'envoler, et il se répétait : « C'est fini... il ne reviendra pas ! » Mais il revenait en sautillant, se tenait toujours à distance, jusqu'à ce qu'une pluie subite lui fît chercher un refuge dans la tour. La pluie devait redoubler la tristesse du malade ; le joyeux compagnon envoyé par le Ciel lui remit force et courage au cœur.

Se soutenant aux murailles et se remémorant les extrémités dans lesquelles il s'était trouvé déjà depuis son séjour à l'Ermitage, Adrien entreprit de combattre la maladie, adversaire non moins redoutable que le taureau ou les maraudeurs.

Il essaya d'abord de calmer ses craintes, d'envisager plus froidement la situation. S'attendrir dès l'abord, pleurer par avance, n'est peut-être pas un très bon remède pour conjurer le mal. Sans doute il ne suffit

point de dire : « Je veux... » pour jouir d'une santé parfaite ; mais le
courage moral n'est cependant pas superflu pour dominer le physique
et lui donner la force de réagir, même au sein du danger. Toujours dé-
voré d'une soif ardente, se trouvant dans l'impossibilité d'aller vers le
ruisseau de ses rêves, de s'y abreuver réellement, le pauvre Robinson
jugea que le Ciel lui venait en aide en faisant tomber la pluie.

Une des écuelles de terre qui composaient son ménage fut suspendue
par lui à l'un des montants de l'échelle, afin que l'eau qui coulait du

Le nouvel hôte de la tour vint s'y poser.

toit pût l'emplir jusqu'au bord. L'oiseau s'en approcha en voletant et
y but le premier ; à son tour, Adrien s'en saisit, tremblant à la fois de
faiblesse et du désir de s'abreuver enfin.

Bien que cette eau de pluie lui parût d'une fadeur détestable, il regarda comme un bienfait d'avoir pu se la procurer ; les tortures de la
soif, durant la nuit de souffrances, lui semblaient dépasser de beaucoup
celles de la faim.

D'ailleurs il tremblait la fièvre, et son imagination essayait vainement
de lui représenter le repas délicieux qu'il préparait lui-même : pommes

de terre cuites sous la cendre, poisson rôti ou bouilli, moineaux à la
broche. Il éprouvait, en y songeant, de terribles haut-le-cœur. Vive
l'eau! vive la rivière! L'écolier se jugeait de force à boire les flots de
l'immense Océan.

Épuisé par l'effort de s'être tenu debout durant un quart d'heure, Adrien
se laissa retomber sur sa couche, brûlant et frissonnant tout ensemble,
comme si ses veines eussent charrié un torrent de laves incandescentes
et les glaces innombrables du pôle nord.

Mais à portée de sa main était l'écuelle de terre; il y trempait
fréquemment ses lèvres et en éprouvait quelque soulagement; puis l'oiseau était revenu dans la tour, sautillant d'un air de confiance, jetant
parfois, comme une note encourageante, son gazouillement si doux.

L'oiselet avait encore la candeur du jeune âge; il jugeait l'existence
très belle et les enfants très bons. Robinson s'efforça de justifier sa confiance. Doucement il étendit la main; après quelques hésitations bien
naturelles, le nouvel hôte de la tour fut s'y poser.

On ne saurait croire, si jamais on ne l'a éprouvé soi-même, combien
le fardeau de la solitude est allégé au cœur de l'homme quand une des
plus humbles créatures même vient en prendre sa part. Qu'est-ce qu'un
oiseau, sinon un être gracieux et frêle, inconscient de la joie et de la
douleur! Mais Adrien se prit à lui parler comme à un ami, comme au
muet confident qui s'associe à nos peines parce qu'il peut les com-
prendre, les ayant éprouvées.

À l'approche du soir, nous ne prétendons point que les divagations de
la nuit précédente ne revinrent plus assiéger l'enfant; mais elles furent
plus calmes, plus rares; et même, sentant l'oiselet se blottir sur sa poitrine pour y chercher le repos, notre ami laissa peu à peu ses propres
paupières s'alourdir et clore enfin ses yeux fatigués.

Adrien dormit longtemps. Au réveil, il se sentit plus fort. Perché sur
le volet de la fenêtre, l'oiseau saluait le soleil levant.

L'écolier s'assit sur sa couchette et adressa une prière au bon Dieu.
Et il y avait quelque chose de touchant à voir ces deux créatures du
Maître, l'une chef-d'œuvre de sa puissance, l'autre de sa bonté, s'unir en
apparence pour glorifier le Créateur.

Lorsque la souffrance s'éloigne, l'appétit revient sur ses pas. Quand, durant une longue journée, l'estomac n'a reçu que de l'eau de pluie, il faut l'excuser de se montrer impérieux.

Adrien s'appuya sur son pied et fit quelques pas sans trop de peine; mais comment vaquer dans le jardin sans posséder de vêtements?

L'habit de collégien avait été mis en pièces par le taureau furieux; le pantalon, déchiré de bas en haut par les épines, se montrait fort piteux d'être réduit en cet état.

Robinson eut une idée soudaine qui lui sembla fort ingénieuse; à l'aide de la pointe de son canif, il pratiqua quelques œillets sur les morceaux violemment séparés; puis, à l'aide d'un lacet de bottine, il les rassembla très étroitement.

Le travail n'était pas parfait, il faut en convenir; mais le vêtement réparé de la sorte ne blessait plus les convenances : c'était l'essentiel.

De la couverture de voyage, il se drapa d'une façon empruntée aux temps antiques; un pan de sa toge relevé sur l'épaule, Adrien descendit l'échelle et sortit du donjon.

Sa faiblesse était extrême encore. Ce jour-là, ses fonctions de cuisinier ne lui agréant point, malgré le besoin de prendre quelque nourriture, le convalescent se laissa choir sur un banc de mousse, près de la haie du jardin.

X

TERRIBLE PROPHÉTIE

Le tintement d'une clochette lui fit tourner la tête. Non loin de lui, dans la prairie avoisinante, des chèvres paissaient, sous la garde d'un enfant.

Des chèvres? O bonheur! la vue du troupeau ravivait en lui un désir qui naissait d'une longue privation.

Boire du lait, de ce bon lait blanc et mousseux qui désaltère : quelles délices, lorsqu'on relève de maladie!

Adrien héla le pâtre. Le gardien des chèvres abrita ses yeux de sa main grande ouverte et ouvrit la bouche comme pour crier.

Évidemment, la présence du nouveau venu, son accoutrement bizarre, lui semblaient fort étranges. Quand l'écolier franchit la haie vive et répéta : « Je voudrais du lait! » la frayeur du pâtre se changea en fou rire; ne connaissant rien des Romains ni de la toge, l'ignorant croyait à un costume de carnaval, et il accompagnait ce rire inextinguible de phrases prononcées en patois du pays.

Exaspéré d'abord, Adrien s'avisa d'employer le langage qui a cours par tous pays. Il tira sa bourse, la fit tinter aux oreilles du rustique; celui-ci devint grave et jugea l'incident sérieux.

Se grattant la tête d'un geste indécis, le pâtre saisit l'écuelle de terre qu'on lui présentait et la remplit de lait écumant.

Adrien but à longs traits le délicieux nectar; le berger empocha son salaire et s'en fut à l'aventure, parmi les bois voisins.

« Quel dommage! songeait l'écolier, de ne pas avoir à moi l'une de ces chèvres... rien n'égale la saveur du lait chaud... »

Le lendemain, à la même heure, il vit revenir les chèvres. C'était chose très simple de procéder comme la veille, puisque l'argument avait si bien réussi. Blanchette fournit une large pitance; Adrien la caressa longuement pour sa peine et donna deux sous au berger.

Le manège dura quatre jours. Grâce à ce secours providentiel, sa santé était rétablie. Son pied commençait aussi à reprendre des forces : l'enflure diminuait à vue d'œil.

Le solitaire attendait donc chaque matin avec une réelle impatience l'apparition du troupeau. Dès la cinquième aurore, comme le pâtre commençait à traire Blanchette, un homme apparut, un bâton de cornouiller à la main.

« Ah! cria-t-il d'une voix tonnante, je t'y prends!... Et voilà comment la chèvre n'apporte plus de lait à la ferme, puisqu'elle le laisse en chemin!... »

Joignant le geste à la parole et brandissant la baguette, le nouveau venu se mit en devoir de frapper le pâtre de la façon dont on époussette les habits. Ce dernier poussait des oh!... des ha! fort dolents, et regardait du coin de l'œil autour de lui s'il n'avait pas chance de pouvoir s'échapper.

À quelque vingt pas, un dogue faisait sentinelle et contemplait l'exécution avec un grognement approbatif.

Adrien, dont le premier mouvement avait été celui de la fuite, parut soudain près de la brèche de la haie.

« S'il vous plaît, Monsieur, laissez ce garçon! dit-il en suppliant le maître du pâtre; c'est moi qui lui ai demandé du lait... »

Prouvant, à ces mots, que l'aveu lui déplaisait, le dogue fit un bond de tigre, s'élança, la gueule ouverte, sur le coupable imprudent.

L'écolier voulut opérer un mouvement de retraite; il trébucha, roula sur lui-même, tout près de l'animal furieux.

D'une voix de stentor, le paysan rappela son chien et s'élança sur ses traces. Demeuré libre, le pâtre poussa un soupir de satisfaction et frictionna vivement les parties fustigées.

Adrien but à longs traits le délicieux nectar.

D'une main robuste écartant le dogue, le maître dit au collégien :
« C'est un vilain métier que tu fais là, garçon, d'avoir engagé ce mauvais drôle à me tromper! »

Un vilain métier ! Adrien eut un geste de révolte :

« Est-ce que je savais mal faire ? répondit-il fièrement, j'ai payé le lait que j'ai bu...

— Payé ? » Les yeux du paysan brillèrent sous d'épais sourcils en broussailles ; il continua :

« Celui-ci n'avait pas le droit de vendre... tu payeras deux fois ! »

Robinson rougit jusqu'aux tempes. Sa bourse contenait encore quelques sous à peine, pas assez pour satisfaire le maître du troupeau.

Il fallut l'avouer, en ajoutant toutefois :

« Mon oncle, le commandant Davezac, vous dédommagera plus tard !

— Ton oncle !... Le commandant Davezac !... Eh bien ! sans savoir comment tu te trouves à l'Ermitage, quand le propriétaire en est absent, je t'assure que ce ne sera pas de son goût de payer pour toi, mon garçon... D'ici à quelques jours, tu pourras le savoir. »

Et le fermier, auquel le tuteur d'Adrien ne semblait pas très sympathique, continua avec un rire mauvais :

« Eh ! eh ! le commandant Davezac n'est pas commode tous les jours !... Il veut conduire les gens comme jadis ses troupiers !... Pour une misère, une vétille, il prend sa voix de basse-taille et roule des yeux comme le poing... Pour un oui, pour un non, il saisit sa carabine, son pistolet, son coutelas... Mais Jean-François n'a pas peur !... La loi est pour tout le monde !... Si le commandant ne paye pas, nous plaiderons en justice de paix !... »

Sur ce, le maître tourna court, en poussant devant lui le troupeau et le pâtre, tandis que le dogue grognait sur leurs talons.

L'incident terrifia Adrien.

Quand on a douze ans, c'est naturel de perdre la tête et de considérer comme un ogre tel oncle qu'on ne connaît pas. Les diverses péripéties de son séjour à l'Ermitage lui apparurent bientôt comme autant de méfaits. Qu'allait-il advenir de lui au retour du terrible tuteur ? La pensée de la fuite traversa son cerveau.

Hélas ! comment donc se sauver vêtu de ce costume antique, qui ameuterait contre lui les enfants et les chiens ?

Son admiration pour la toge reçut un grand choc. Il la promena mélancoliquement durant toute la journée dans le jardin de l'Ermitage ; la pensée du commandant lui ôtait l'appétit. Bien que le départ de ce dernier restât pour l'enfant un étonnement et un mystère, il comprenait qu'il ne lui servirait point à justifier le coup de tête qui l'avait poussé au rôle de Robinson.

Un espoir le soutenait encore. Le maître d'étude arriverait peut-être avant le commandant.

Ah ! si sa bonne étoile permettait ce miracle, Adrien se sentirait bien franchement heureux...

Et il s'accrocha soudain à ce désir, comme le naufragé à l'épave qui peut lui sauver la vie.

Plus calme, il regagna la tour dès le crépuscule.

Il emportait dans sa retraite quelques pommes de terre, destinées au repas du soir.

Adrien alluma la veilleuse, afin de ne pas rester seul avec de lugubres pensées.

Assis sur le lit de feuillage, les genoux au menton, l'œil songeur, il commençait son repas frugal, lorsqu'un pas furtif retentit dans le jardin.

O terreur ! on était au pied de la tour... on escaladait l'échelle... D'un bond, Adrien fut debout, maudissant de nouveau son imprudence et s'élançant pour fermer le volet du donjon.

Il n'en eut pas le temps. Une main énergique repoussa la fenêtre, une tête émergea dans l'encadrement du lierre qui tournait à l'entour, puis des yeux furibonds plongèrent avidement dans le logis.

Ils aperçurent un enfant aux longs cheveux, à l'accoutrement étrange, un enfant qui voulait faire bonne contenance et tremblait malgré lui.

« Par tous les diables ! gronda une voix de tonnerre, qui est-ce qui est assez audacieux pour pénétrer chez moi, à l'Ermitage, et pour venir nicher ici ?... »

Reculer n'était plus possible. L'écolier se trouvait en face du terrible commandant. Il leva ses paupières baissées et fixa ses yeux bleus sur des yeux qu'il reconnut à ce moment même, bien qu'il ne les eût pas contemplés depuis fort longtemps. Une parole lui vint naïvement aux lèvres : « Mon oncle, c'est Robinson ! » dit-il à son tuteur.

Le commandant resta interdit l'espace de quelques secondes.

Il revenait de voyage, avait aperçu la lumière qui brillait dans la tour, et, rêvant d'un malfaiteur quelconque, accourait, le pistolet au poing, par le chemin le plus court.

Cette réponse si imprévue le stupéfia de la belle manière; puis soudain :

« Ma parole, je rêve ou je suis fou!... Ah çà! ai-je Robinson pour neveu? »

Avec une agilité qui n'était pas de son âge, M. Davezac sauta dans la tour, saisit la veilleuse et l'approcha du visage de notre ami.

« Adrien! » s'écria-t-il avec une surprise où perçaient encore le doute et la colère. Il ajouta : « Comment êtes-vous céans?

— Mon oncle, vous m'aviez dit de venir après la distribution des prix.

— Saprebleu! j'avais dit également que vous ne veniez pas!... Simon, avance à l'ordre! cria le commandant au majordome, qui arrivait en arrière-garde, clopin-clopant, comme ses rhumatismes le lui permettaient. C'est toi qui as remis ma lettre du 30 juillet dernier au *piéton* de la commune, le jour même où nous devions partir?... »

Simon se gratta l'oreille, pâlissant sous sa peau bronzée et flageolant sur ses jambes, car le regard du maître était terrifiant.

« Faites excuse! dit-il en bredouillant très fort; la lettre est restée dans ma poche; je l'ai retrouvée hier... Elle est partie maintenant.

— C'est réussi!... Nous réglerons ce compte plus tard!... Quant à vous, mon neveu, j'exige un récit exact de votre séjour dans ma maison! »

CONCLUSION

L'ordre était formel. Adrien commença l'histoire de ses vacances, sans rien omettre, pas même l'aveu des idées subversives qui lui avaient peint sous des couleurs flatteuses la déesse Liberté.

Le menton dans la main, l'œil rivé à celui de l'enfant, le vieux soldat écoutait.

L'expression de son visage resta indéchiffrable. Parfois, d'un mot bref, d'un geste autoritaire, il intimait au collégien l'ordre de continuer son récit. L'enfant avait brûlé ses vaisseaux, franchi le Rubicon, et sentait peser sur lui l'anathème d'un juge sévère, inexorable, courroucé. Il ne savait pas mentir; l'achat du lait fut consigné, comme le reste des courtes annales de sa vie d'aventures.

« Quand cet incident s'est-il passé? demanda le commandant.

— Aujourd'hui même !... »

M. Davezac quitta le siège boiteux où il s'asseyait, parcourut de long en large la chambre du donjon, puis, d'une voix brève :

« C'est tout?

— C'est tout ! » dit Adrien, qui se sentait pâlir.

Le commandant s'approcha de la porte, fermée depuis l'agression des maraudeurs; d'un vigoureux coup d'épaule il l'ouvrit toute grande,... par le côté des gonds; Robinson le suivit, boitant encore un peu.

De la sorte, en silence, M. Davezac et l'écolier traversèrent le jardin, entrèrent à l'Ermitage, cette fois habité.

« Un bon dîner ! » clama le maître, s'adressant à une vieille servante, qui ouvrit des yeux ronds en voyant apparaître le nouveau venu.

Et pendant qu'on s'empressait pour accomplir ses ordres, M. Davezac regarda longuement ce jeune visage, qu'entouraient toujours de beaux cheveux bouclés ; puis il appela l'enfant auprès de lui, posa sur la tête blonde une main puissante, et murmura, d'une voix aux notes attendries :

« Mon neveu, je vous blâme et... je vous pardonne. Rester ici seul, comme un ermite, est dangereux pour un bambin de douze ans. Mais celui-ci a du cœur, du courage... Il n'aura plus peur de ce vieil oncle, qui est disposé à l'aimer maintenant... A l'avenir, et durant toutes les vacances, ma maison s'ouvrira au large pour accueillir Robinson ! »

FIN

TABLE

SOCIÉTÉ ANONYME D'IMPRIMERIE DE VILLEFRANCHE-DE-ROUERGUE
Jules Bardoux, Directeur.

www.ingramcontent.com/pod-product-compliance
Lightning Source LLC
Chambersburg PA
CBHW070808260626
47161CB00006B/2206